小林童趣

【獻給大孩子與小孩子們】

范樹立◎著

小林童年經歷江南水鄉的自然原始風貌，與花鳥魚蟲親密接觸的情趣，饒有回味童年的無限樂趣。

目錄

前言

小林的家在江南水鄉一個古老的城鎮上，小鎮雖然不大，卻包涵著深厚的文化底蘊。鎮上大街小巷眾多，大小河流縱橫交錯，建造精美又古老的橋樑飛架兩岸，綠樹成蔭，花草秀美。古鎮上在房屋四周的空地上到處長有綠油油的青草和小花，眾多拔地而起的高大樹木上築有一個個很大的鳥巢。小林的家鄉處處彷彿是水墨畫中美麗的風景，展眼就見小橋流水人家。

小林的家鄉有一座古城牆，城牆雖不算高大雄偉，卻也十分壯觀。

鎮上最早建築的城牆是在元至正二十八年（一三六八），縣城周長五里三十步（古時五尺為一步），設有陸地城門四扇，水城門三扇。城牆邊鑿市地為池，水池闊七丈，水深二丈二尺，其里步之長視城有加。明洪武十九年（一三八六），海鹽有倭寇進犯，當時的海防長官急於防守，下令拆除崇德城牆，將其磚石全部搬運到乍浦築城。明嘉靖三十四年（一五五五），崇德知縣蔡本端奉檄重新修築城牆，以抵禦倭寇侵犯。第二年正月初七，一萬多名倭寇乘崇德城牆未竣工之機，破城而入，大肆擄掠財物，殘害百姓。在倭寇退城之後，浙江巡撫命令崇德知縣抓緊築城防倭。當時在家鄉的崇德邑紳右通政呂希周會同知縣商量築城之事。他極力主張運河改道，回環全鎮繞城，四周以水為障。不久城牆築成後，護城河水流繞城如帶，既能通船隻，又利於防衛倭寇。當地民間流傳著「崇德呂希周，直塘改作九彎兜」的傳說。新築的縣城周長七里三十步，高二丈七尺，闊一丈五尺，有水旱城門各五座，修築歷時五個月才竣工。第二年，倭寇又來侵犯，崇德縣城士兵和老

百姓依靠新築城牆堅守，倭寇無法進城，不久便敗退而歸。嘉靖三十九年（一五六〇），知縣劉宗武又在城牆上修建城樓四座，南北甕城各一座，再築箭臺三十個，敵臺三個。明清時期曾經多次修繕加固，使崇德城牆一直比較堅固。清咸豐十一年（一八六一）二月，太平軍攻佔石門縣城，毀掉東南面近半個崇德縣城。同時太平軍將拆下的磚塊石頭，沿南北市河建造城牆，在義濟橋（今春風橋）西另行建造城門。清同治五年（一八六六）五月，在被太平軍拆毀的原縣城位置上重新修築城牆。這座城牆一直保留到抗戰前夕。抗戰期間，南門城牆被日軍毀壞，護城河被河泥所淤塞，已經不能繞城航行。北門城外被日軍燒毀店鋪五十多間，古建築被毀無數。

那時候崇德的古城牆基本上還存在，古老的東西城門尚在，南北水城門也基本完好，進出城的船隻都要經過城牆下的水城門，在水城門旁邊還建有小巧玲瓏的石橋，那時候這些水鄉獨有的風景真的十分迷人。當時，崇德南門城門早已不存在，城牆也少了一大段。在北門城牆上面，有人種植了毛豆、青菜等蔬菜。崇德沿城牆開挖的護城河，除了北門有一段被河泥淤塞外，其餘的還基本暢通，河中常有船隻來往，航行十分繁忙。在北門和西門的城門外，分別建有一座木製的吊橋，古時候的吊橋是可以用繩索將木橋懸空吊起，以阻止敵人侵犯。小林的家就在距離城牆不遠的地方。每當星期天和休假日，小林經常到城牆上去走走，呼吸呼吸新鮮空氣。

竹園

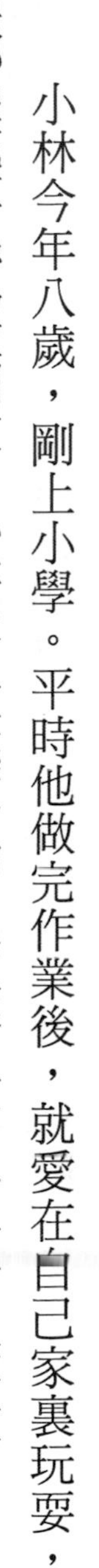

小林今年八歲，剛上小學。平時他做完作業後，就愛在自己家裏玩耍，與那些花草蟲鳥做朋友。小林天生快樂多動，活潑可愛，十分討人喜歡。

春天到了，小燕子飛來小林家的屋簷做窩。小林看到家裏的燕子窩是由一對燕子不停地飛翔，口中啣來濕潤的枯草和泥土，一點一點堆積起來的，工程十分浩大，心裏敬佩不已。

古代的文人墨客，都十分喜愛竹。他們寧可家中三日無肉食，卻不可一日無竹。可見竹在古人心中是何等的重要。

小林有空的時候，最喜歡去的地方是自己家屋後的竹林子。小林家屋前屋後到處是花紅草綠，竹園子裏更是呈現出欣欣向榮的景象。一根根高高的竹子上，長出了翠綠的新葉，新葉兒尖尖的竹葉蕊淡綠鮮嫩，十分好看。這天小林走進竹園，踏在滿地都是枯黃竹葉的地上，踮起腳用手採摘竹蕊。一會兒，他手上已採到了十幾個竹葉蕊，快步跑回家給媽媽煎湯。因為老家人多，家裏的廚房間很大，北面靠窗砌有一副大灶頭，有三口大鐵鍋，二隻銅湯罐，燒飯時可同時將湯罐內的水燒熱，充分利用灶裏柴火的熱能。過了十多分鐘後，一碗熱氣騰騰、清香撲鼻的竹葉蕊湯煎好了，那味道真是好極了。幾天後，隨著一陣陣「隆隆」的春雷響過後，竹園裏爭先恐後從地下冒出一個個筍尖頭。小林走進園子裏，一不小心就會踩到剛破土的竹筍。轉眼間園子裏的春筍已長到四五寸高，這時便可以掘出來食用了。自家的春筍新鮮，味道特別鮮美。春天到了，小林天天都可以吃到自家鮮嫩的春筍。一天，小林走進竹園，看見筍尖頭一個又一個長出來，心裏真高興，自己手癢癢的用掘筍的鐵掘子去挖，可是他挖出的筍還不到半支。後來，家裏人知道後，不再讓他去挖，說這樣挖筍太可惜了。家裏的大人掘筍時只挖一些細長的嫩筍，而留下粗壯的筍，讓它慢慢長高。春筍長成新竹十分有趣，小林發現新竹在下雨天長得特別快。等到新竹長到一丈多高時，竹子的外殼會自然落下，露出翠綠鮮嫩的新竹竿子。新竹日長夜大，用不了多久，便成了竹園的新生兒，透出清新可愛的身影。

到了炎熱的夏天，竹園是納涼的好去處。當火辣辣的太陽曬得地面發燙時，而竹園裏卻是一方清涼舒適的好天地。暑假裏，一天小林自己取幾張厚的五色紙剪成幾隻紙風車的形狀，用漿糊粘好，再串進一根根鐵絲，幾隻小小的紙風車就做成了。小林把紙風車拿到竹園裏，插在竹子上。等到有風時，小風車就會很快地轉動，五顏六色的風車旋轉時十分好看，小小竹園一下子漂亮了不少。在竹園西面有一口小水井，夏天的井水很涼爽，可以用來沖涼。有一年夏天，小林用提水的小鐵桶吊水，剛吊上來的井水很涼，井水澆在身上，渾身皮

膚會起雞皮疙瘩。這時一旦被大人發現，會奪下水桶，不讓你用井水洗澡，說會生痱子的。小林用井水沖過涼後，就一頭鑽進竹園裏去玩耍。他喜歡去竹園子裏爬竹，竹子涼涼的，爬竹時會感到渾身涼快舒服。有一次，他在玩耍時，驚喜地發現有兩個鞭筍尖頭。小林用碎瓦片小心地把鞭筍挖出，然後拿回家叫媽媽燒湯吃，那味道特別鮮美。

秋天到了，竹園裏不時傳出秋蟲的叫聲。竹叢裏藏著草綠色的叫蟈蟈，發出「嗒，瞿——」的叫聲。竹園裏的亂磚頭堆裏，會傳出蟋蟀「瞿——瞿——」宛轉悠揚的聲音。小林和弟弟常去竹園裏捉叫蟈蟈。一旦抓到後，就飛快地跑回家，把蟈蟈關進小竹籠內，聽牠鳴叫歌唱。竹籠子是小林自已跟著大人編織的，編織原料是甜高粱皮，有一次，小林在編織時不小心被甜高粱皮劃破了皮膚，出了一點血。秋天的竹園地上落滿枯黃的竹葉，有時冷不防會從枯竹葉裏竄出一條草蛇來，很快從小林腳邊游過，真的嚇他一大跳。

初秋，竹園裏的棗子樹上果實纍纍，樹葉間一串串棗子，漸漸地由青變黃再變紅。等到樹上的棗子熟透了，小林從家裏找來一根長竹竿，往高大的棗樹上敲打棗子。「嘭嘭嘭」竹竿聲一響，棗子就會像雨點一樣落到地面上。小林和弟弟嘻笑吵鬧著，把棗子一個個拾進籃子裏。大個兒焦黃透紅的棗子，現拾現吃，味道是又甜又脆。傍晚，家裏的大人把採來的鮮棗洗乾淨，燒棗子粥來吃，那味道香甜可口，美不可言。有時候家裏還燒棗子、竹蕊湯，當茶水飲用。這湯有竹葉的清香和棗子的甘甜，十分好吃又能解渴。

冬天到了，天氣很冷，院子裏其他樹上的葉子都落掉了，只有竹園裏仍然一片翠綠。下了一場大雪後，厚厚的白雪把竹子壓得彎下了腰。等到大雪剛一停下，小林和弟弟就去竹園裏搖竹，把積雪搖下來，這樣可以防止積雪把竹子壓斷。冬天的竹林裏鳥兒很多，「唧唧喳喳」的鳥叫聲響個不停。在竹林裏靜靜地聽鳥叫，真的也是一種樂趣。那鳥兒叫聲時高時低，宛轉悠揚，一下子便把你引進了小鳥的快樂世界。有一天，小林用磚塊來捕鳥，方法是用兩塊磚傾斜豎起來，中間放一根細枝條，枝條兩頭各放一小塊磁片，地上再放幾粒大米，引誘鳥兒來吃食。到第二天一早，小林很快就跑到竹園裏。一看那兩塊磚頭翻倒了，他心裏「卜卜卜」跳個不停，小心翼翼翻開磚塊，見是捕到了一隻麻雀鳥兒，真是開心極了。在暖暖的冬日裏，有時在竹園裏會冷不防竄出一隻刺蝟來。那黑不溜秋的傢伙，一動不動地蹲在地上，一旦有人觸動一下，牠立刻會伸出全身又長又尖的刺，向你示威。

竹子的生命力很強，地下的竹鞭穿過磚瓦雜土，延伸到周邊去。有一天，小林到隔壁家去玩，看到在小林家的竹園牆外，沿牆邊也有一小片竹林。他想這一定是自己家的竹鞭，從地下鑽到了隔壁，然後長出竹子來的。竹子有旺盛的生命力，他發現竹筍的尖頭一旦被磚瓦壓住，這弱小幼嫩的筍尖頭能慢慢頂掉磚瓦，繼續往上生長。這就可以看出竹子不怕困難，在任何艱難困苦的條件下，都具有頑強拚搏的可貴精神。竹子的這種精神真叫小林感歎不已，他想在今後的生活中，難免會碰到各種困難和壓力，如果有了竹子的這種精神，任何艱難險阻都不在話下了。

後院

小林家屋後有一個院子，院子四周的圍牆是用泥土打成的。圍牆內的地面上長滿了野花雜草，這裏就是小林童年的樂園。天氣漸漸轉暖後，院子裏那些躲藏在樹叢雜草內的蟲兒，爭先恐後地出來鳴叫，匯合成一曲優美動聽的大自然交響曲。

初夏時，院子裏種的南瓜開放出一朵朵又大又美的金黃色花朵。其中有幾朵雌蕊花兒還結出幼嫩的南瓜，十分可愛。那時候，小林到園子裏，常常會聽到「嗒，瞿——」「嗒，瞿——」的叫聲。他順著聲音尋找過去，只見一隻草綠色的叫蟈蟈躲藏在野草叢內，正抖動著翅膀在有節奏地發出叫聲。蟈蟈兒頭上的二根長長的觸鬚，在不停地上下擺動。這時，小林伸手想去

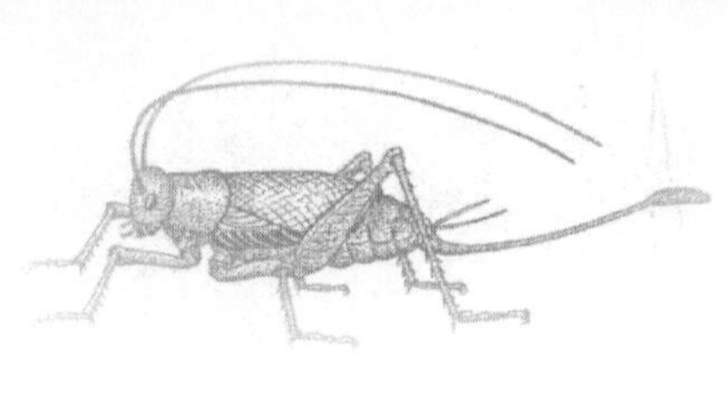

捉，誰知一瞬間叫蟈蟈已經跳走了。過了一會，他又聽到了蟈蟈的叫聲，便輕手輕腳地走過去。看準了一下子撲下去，蟈蟈兒終於到了小林的手裏。他把叫蟈蟈關進爸爸編織的甜高粱小籠子內，此後每天清晨，他一早就去採摘帶露水的南瓜花給蟈蟈吃。夏天小鎮上四周靜悄悄的，等到院子裏的蟈蟈鳴叫時，籠子內的蟈蟈兒也會跟著叫起來。「嗒，瞿——嗒，瞿——」清脆響亮的叫聲在屋內迴響，更顯出夏日的幽靜。

小林發現知了這蟲兒最知道節氣，夏至這天牠會準時鳴叫。這一年夏至那天，小林在吃飯時，聽見知了在樹上拉長調子不停地「知了，知了，知了——」鳴叫。他心裏想，能捉一隻來玩玩該有多好。

這時小林三下二下把飯吃完，在家裏找一根廢舊鐵絲，把它彎成橢圓形的圈，再將鐵絲圈縛到小竹上。然後他屋前屋後忙著撈蛛蜘網，等到蛛蜘網撈得多了，這網就很粘。他性急來到棗樹下，對準停在樹枝上的知了猛一下拍去。小林連拍了幾次，才聽見樹上

「知知知」知了的急叫聲，便知道知了已經粘住了，心裏挺開心。小林用細絲線繫住知了的腳，線的一頭用手拿牢，另一隻手一放，知了便到處亂飛。不一會，引來了鄰居家的幾個小孩子跑來觀看，那歡樂的場景真是十分有趣。

夏天的傍晚，小林一家人坐在後院內納涼。祖母來了是最受歡迎的，她坐下後指點天空中的北斗星、大佛星、扁擔星……叫大家辨識。接著她開始講牛郎織女、許仙白娘子、濟公活佛等等許多好聽的故事。天暗了，身邊不時有一閃一閃發光的螢火蟲飛來飛去。他用小蒲扇輕輕一拍，螢火蟲便掉到地上。小林用玻璃瓶裝了幾十隻螢火蟲，那小蟲兒發出的螢光滿亮，可以拿來照明。在乘涼的時候，他聽到草叢裏傳來一陣陣「刮刮刮——」的叫聲。這是一種被孩子們稱之為「紡織娘」蟲兒的鳴叫聲，那聲音清脆悠揚，非常好聽。小林拿了手電筒要去捉，家裏人說草裏有蛇，不讓他去。小林卻執意要去，找了好一會，他終於捉到了一隻「紡織娘」。那隻「紡織娘」全身翠綠色，頭很小，長有一對大翅膀，看起來很漂亮。第二天，他把「紡織娘」養在一隻小竹籠子內，此後天天採南瓜花、毛豆給牠吃。每到夜晚，「紡織娘」會長時間地發出「刮刮刮——」的叫聲，真像是一位不知疲倦的紡織女工，日夜勤奮地工作著。這一年冬天，西北風呼呼作響，小林發現自己養的那隻「紡織娘」全身已經棕黃色了。可是每到夜晚那隻「紡織娘」還在發出沙啞的叫聲，這種敬業精神實在可貴。

小林放學回家後常常到屋後的小院子去玩。那時院子的中間有一條小路，路兩旁種著一米多高修剪得平整的荊樹。荊樹極容易種活，在春天，只要剪根荊樹條插在濕潤的泥地裏，然後澆一點水，過幾天後便會生根發芽，長出綠葉。荊樹長高後，會開放出一朵朵紫紅色美麗的花朵。

初秋時節，院子裏經常傳出一陣陣「鈴鈴鈴——」清脆悠長的叫聲，小林知道這是金鈴子發出的鳴叫聲。順著聲音，他輕手輕腳地走近荊樹，尋找金鈴子的身影。小林左看右看，很難發現金鈴子，唯有那誘人的叫聲，依舊時斷時續響個不停。有一次，他耐著性子終於在一棵荊樹的葉子背面發現了一隻十分機靈的金鈴子。見到的金鈴子很小，只有米粒大小，渾身金黃色，二根長長的觸鬚在不停地抖動著。金鈴子警覺性很高，稍有動靜便逃之夭夭。他專心地看著那隻可愛的金鈴子，只見牠一會兒在葉子正面，一會兒很快溜到了葉子反面，再過一會又不知跳到什麼地方去了。小林等了一會，聽著叫聲尋找又發現了一隻金鈴子。他對準了雙手一合試圖要捉到牠，結果是撲了個空，那隻金鈴子早已溜走了。

過了幾天，在一個星期天小林用紗布和鐵絲做了一隻罩子，直徑約三公分，高度約有八公分左右，另外又找了一塊書本大小的硬板紙。一切準備就緒，就開始去罩金鈴子了，他在院子裏靜靜地聽牠的叫聲。荊樹中間「鈴鈴鈴——」優美動聽的叫聲此起彼伏，他一時不知道去罩那隻金鈴子。小林在小路上來回走了幾趟，後來終天發現了目標。他先把硬紙板慢慢插進荊樹葉底下，再將紗罩快速罩下去。小林一連罩了四次，最後終於罩住了一隻正在鳴叫的金鈴子，心裏真是高興極了。我小心翼翼地把金鈴子放進一隻透明的小玻璃瓶內，鐵皮瓶蓋上用燒紅的鋼針鑽幾個小洞。金鈴子放在家裏，引來了鄰居家的幾位小朋友，大家爭相觀賞。剛關進瓶子的金鈴子當天沒有鳴叫，等到第二天一早，天剛剛

亮，「鈴鈴鈴——鈴鈴鈴——」金鈴子輕聲優美的叫聲把我從睡夢中叫醒。

後來，小林還自己動手做了一隻關金鈴子的盒子。他先找來一小塊玻璃，用鉛筆在上面畫了個六角形圖案。再用右手把玻璃放入水中，左手用剪刀按照圖形將玻璃慢慢剪成六角形，用水磨砂紙把玻璃邊角打光。然後用硬紙板做底盤，將玻璃用蒸熟的糯米粉團粘上去。就這樣一隻小巧精美的盒子做成了，金鈴子關在透明的玻璃盒子裏十分有趣好看。金鈴子體形小巧琳瓏又機靈好看，牠的叫聲也特別清脆悅耳，一個人坐下來靜靜地傾聽，真比欣賞一段優美的輕音樂還要好聽。晚上，小林把金鈴子盒子放在床頭櫃上，在金鈴子時斷時續輕輕的鳴叫聲中漸漸進入夢鄉。

秋風起，樹葉兒黃了。小林養著的那隻金鈴子也慢慢顯露出老相，身上的金色光澤漸漸黯淡了，動作也不靈活了。天氣一天天冷了，他把金鈴子放在衣裳口袋裏。金鈴子是養不過冬天的，等到第二年初秋時節，小林又想著再去罩一隻金鈴子來養養。「鈴鈴鈴——」金鈴子的歡叫聲伴隨他度過美好的童年。

蟋蟀在小林家鄉叫做蛐子，那時鬥蛐子是小孩們的一大樂趣。夏末初秋時節，在小林家後院四周的圍牆邊常常會聽到「瞿瞿瞿」響亮動聽的叫聲，他知道這是蟋蟀在鳴叫。有時小林還會聽到「嗒，瞿——嗒，瞿——」宛轉優美又略帶顫抖的聲音，聽人說這是一對戀愛中的蛐子在那裏談情說愛。聽著這自然界的美妙音樂，真的比小提琴發出的琴聲還要宛轉悠揚得多。那時候，小林每次捉蛐子前，總要先到牆角邊的雜草叢中去拔幾根蛐子草。蛐子草頂部長出二三根長長的草鬚。他專拔二根草鬚的蛐子草，將草鬚從中輕輕分開，再用力向上一提，草鬚便留下幾根銀白色的草莖。這草莖可以用來逗引蛐子爭鬥，讓牠鳴叫，效果很好。

捉蛐子時，小林只帶一隻小玻璃瓶，瓶蓋上用剪刀鑽幾個小洞。經過觀察，他發現蛐子大都躲藏在亂磚下面，或者藏匿在草叢深處。他來到院子後，先站著靜靜聽一會兒。等到聽準蛐子鳴叫的方位後，小林才輕手輕腳走過去。越是靠近，腳步越慢越輕，等到站定後再仔細聽聽，蛐子到底在哪塊磚頭下面叫。一旦目標確定，他就蹲下身子輕輕把四周的亂磚拿掉，然後迅速翻開藏有蛐子的磚頭。說時慢，那時快，雙手看準撲下去。這時，蛐子十拿九穩會捉到手。

捉蛐子用力要適當，太重了會壓斷蛐子的大腿，傷害蛐子的身子。撲下去時一定要雙手合起來，這樣成功率就高。小林把捉到的蛐子輕輕放入瓶內，回家後再養在蛐子盆裏。那時的蛐子盆是扁圓形灰色的瓦盆，上面有一個蓋兒，盆高約七八公分，直徑有十二三公分。飼養蛐子也很講究，吃的食物主要是辣椒。聽說蛐子吃了辣椒，牙齒會長得厲害，火性大，鬥起來就凶猛。

鬥蛐子十分有趣，小林在鬥蛐子時先用一塊方形玻璃代替盆蓋，將手慢慢抖動蛐子草，輕輕撥弄蛐子的牙齒。等到蛐子張開牙齒，發出「瞿瞿——」大叫時，再將另一隻蛐子放入盆內。稍等片刻後，兩隻蛐子就會大戰起來，張開牙齒相互咬鬥拚搏。幾個回合後，直到其中一隻蛐子鬥贏，展開翅膀「瞿瞿瞿——」大聲鳴叫，勝利地抬起頭沿盆圓場時，另一隻鬥敗的蛐子則縮在一旁向後退避。這場景真是好看，令人大笑不已。鬥蛐子竟然與人們的體育競技差不多，真叫人回味無窮。

土山

小林家東牆外面有一座二十多公尺高的土山，佔地約有一個足球場大小。聽大人說這是在很久以前，鎮上人把那些倒塌房屋的斷磚、碎瓦、牆泥陸續挑到這裏來，逐漸堆積成為這座土山。崇德是平原地區，沒有高山峻嶺，也沒有丘陵，土山也就顯得十分稀奇了。這座小小的土山，從此便成了這些生長在平原上，從未見過大山的孩子們的樂園。

每年春天，土山上長滿了綠油油的青草。當小林爬土山時，常常會看到草叢裏跳出一隻隻活潑可愛的青色小蚱蜢。蚱蜢很多，極容易捉到。他把捉到的蚱蜢放進玻璃瓶內，帶回家去欣賞。土山上有一種可以吃的酸梅草，那葉子的味道跟青梅差不多。草叢中還開出一朵朵天藍色、淡黃色、粉紅色的小花，把土山打扮得鮮豔奪目。每當春雷響過不久，在土山的四周低矮的野竹叢中長出了一支支野筍。這野筍又細又長，像竹筷模樣。小林喜歡把拔來的野筍洗淨，帶殼放到飯鍋上去蒸。等到飯燒熟後，剝去野筍外殼，吃起來真是又香又鮮，味道比家筍還要好。

這小小的土山還是放風箏的好地方。春暖花開時，小林自己動手用竹片和桃花紙糊一隻結構簡單的人頭形或六角形風箏，再在家裏尋一個線球，把風箏繫住。等到風箏一糊好，他就急忙跑到土山上去試放。土山地勢高，那風比平地上要大得多，在山上放風箏不用請人送鷂，只要手一鬆，風箏便穩穩地飛起來了。小林一邊放線，一邊觀賞，只見風箏搖搖晃晃地越飛越高。不一會兒，風箏越來越小，手上的線也越拉越緊了。在土山上放風箏很有趣味，他常常要等到大人喊吃晚飯時，才肯收回風箏，走下山來。

夏天，土山周圍的幾株雜樹上有不少知了在鳴叫，形成了此起彼伏的大合唱。知了在小林家鄉叫做「夏至蟆」，每年夏至那天牠會準時高歌鳴唱。那時候捉知了是這幾個小孩子的拿手好戲，小林在家裏先找一根小竹條，把它彎成橢圓形，然後縛到小竹竿上，接著就到處去尋找蛛蜘網。等到橢圓形小竹條上絞滿了幾層蛛蜘網，便可以拿去粘蟬了。那時小林發現家鄉的蟬大體有三種：大的蟬烏黑發亮，叫起來發出又響又長「瞿——」單調的聲音。這種蟬，孩子們叫牠「老旋」。中等的蟬呈青色，數量最多，叫起來便是「知了，知了——」，這就是「夏至蝶」。最小的蟬身上有褐色花紋，叫起來是「吱——」較輕的聲音，大家叫牠「忙吱吱」。小林用蛛蜘網粘住了蟬，用線把牠的一隻腳繫牢，然後再繫到門外的樹枝上，聽牠時斷時續地鳴叫。

夏天的夜晚，土山上另有一番情趣，草叢裏會傳來「咭，瞿——」叫蟈蟈的叫聲，時而還夾雜著「誇拉拉拉——」一種被孩子們叫做「紡織娘」的鳴叫聲。小林被這種優美動聽的聲音所誘惑，便拿了手電筒去捉。這些鳴

蟲被光亮照到後，不叫也不動，很快下手就容易捉到。小林把捉到的鳴蟲，分別放進用甜高粱皮做成的小籠子內，把它掛到窗外的鉤子上。白天，叫蟈蟈會時停時續地發出歡快的鳴叫聲。晚上，「紡織娘」準會抖動那翠綠美麗的大翅膀，發出清脆悅耳的叫聲。那時候，小林每天都要起早去園子裏採帶露水的南瓜花，聽人說叫蟈蟈吃了這花叫聲會更響。等到南瓜花開完了，便用青毛豆給這些鳴蟲吃。小林記得有一隻「紡織娘」養的時間最長，那年秋天過了，西北風呼呼作響，牠全身都已變成焦黃色。可是每到夜晚，「紡織娘」仍在「誇拉拉拉——」地鳴叫，所不同的是叫的次數少了，聲音也變得沙啞了，大家十分欣賞牠的這種敬業精神。

秋天的土山，綠油油的草叢裏會結出一串串紅色、黑色的野果子，大小跟櫻桃差不多，但不能吃。有時你還會聽到在矮小的樹叢裏，傳出一陣陣輕脆悅耳的「鈴——」迷人的叫聲，這是金鈴子在鳴叫。這小巧玲瓏的金鈴子真是活潑可愛，牠很機靈一會兒在葉子面上，一會兒很快鑽到葉子下面去了，一眨眼又跳到另一張葉子上去了。小林曾經用大口玻璃瓶和一張硬紙板，捉到過一隻金黃色的金鈴子。他把捉到的金鈴子養在自製的六角形玻璃小盒子內，每天晚上放在枕頭邊，靜靜地聽牠歌唱，童年常常是在這鳴蟲的歌聲中進入夢鄉。

在土山腳下，小林一留神便會聽到「瞿瞿瞿——」清脆響亮的叫聲，碰巧還會聽見「嗒，勁——嗒，勁——」成對的蟋蟀在彈琴作樂。蟋蟀，孩子們叫牠「蛐子」。那時，小林常常會聞聲去找尋，輕輕翻開一塊塊斷磚碎瓦，花一番功夫就能捉到蛐子。小林把蛐子養在專門飼養蛐子的瓦盆內，每天用辣椒、飯粒餵牠們。最有趣的是看鬥蛐子，把兩隻蛐子放入一個瓦盆內，盆上蓋一塊玻璃。這時只要用帶鬚的蛐子草一引誘，兩隻蛐子會「瞿瞿瞿——」鳴叫著，張開牙拚命搏鬥。一會兒，勝者便大聲鳴叫著圓場幾圈，顯得十分驕傲；而敗者則默默無語地向後退讓逃避。

冬天，土山上的草枯了，站在山頂上極目遠眺也十分有趣。寒風吹黃了草，吹走了曾經的繁茂和喧鬧。此時站在土山頂上觀看「日蝕」，當地人叫做「日月照」的奇景，十分令人難忘。那年農曆十月初一，小林和他的祖父兩人起了個大早，一起爬上土山去看平時難得一見的奇觀。這時，東方剛露白，只見一輪紅紅的太陽，衝破雲層冉冉升起。那個顫抖不停的紅日漸漸亮了，這時小林看見在紅日中央，還有一個圓形的球在滾動，祖父高興地告訴小林，說這一天正好是太陽、月亮和地球巧合在一起的自然奇觀，這就叫「日月照」。小林驚喜萬分地大聲叫起來，這景色真是美極了。

小林站在土山上往西面望去，能夠看到遠處臨平山幾座高低起伏藍藍的山峰輪廓，令人十分神往。再環顧四周可以觀賞鎮區風貌，還能看見北門的古城牆、西寺前的兩座寶塔、東南面中山公園內高大挺拔的寶塔和幾座古老的露出半圓形橋頂的石拱橋。這小小的土山成了小林童年的樂園，同時還學到了不少自然知識。

小林家東面的那座土山，由於地處居民住宅區的中間，很少有人光顧，因此野味十足。土山上有不少野草雜樹，春天，五顏六色的不知名的野花滿山開遍，景色真是迷人。夏秋季節，那些知了、蟋蟀、叫蟈蟈、紡織娘等鳴蟲聚集一堂，叫聲此起彼落，熱鬧非凡。冬天，這裏是小鳥的天堂，清晨那宛轉悠揚的鳥叫聲悅耳動聽，常把小林從睡夢中叫醒。土山上那些小鳥築在低矮雜樹上的鳥窩，伸手便可以摸到。記得那時候他放學以後，經常跑到土山上去玩，登上山頂可以看到全鎮的風貌，極目遠眺還能望見嵒平山的輪廓。

土山上最使小林感興趣的是拔野筍，這是一件挺好玩，又可品味野味的好事情。土山上野筍大多在西面的半山腰裏，面積只有二三隻方桌大小。這裏的野筍也擁有一個小小的竹園，野竹子的長度不到一米，向西傾斜生長著。野竹在林子裏長得密密麻麻，全都擠在一起，與竹園裏的竹子長得不同，粗看不像竹，只是它那細長的葉子有點像竹葉。春天到了，在野竹林內會長出細長的野筍來。這時，小林便爬到山坡上去拔野筍，心裏挺開心。他拔到的野筍比筷子稍微粗一點，長一點兒。每次小林總會拔到一大把，拿回家去將野筍用清水洗乾淨，然後帶殼放到飯灶上去蒸。等到飯燒熟時，野筍也就熟了。當小林拿起熱氣騰騰的飯蓋時，一股野筍的清香味撲面而來。這時趁熱剝去筍殼，露出青綠色柔嫩的野筍，吃一口味道真是好，又鮮又嫩，有一種野筍特有的鮮味。野筍蘸醬油是飯桌上下飯的好小菜，吃後滿嘴清香回味無窮。有一次，小林去拔野筍時，冷不防從草叢裏快速鑽出一條蛇來，嚇了他一跳，連忙退回到土山下。還有一次，小林爬到野竹林裏剛要拔筍，忽然從野竹林裏飛出一隻八哥來，一下子竄到天空中。拔野筍有驚有喜，真是十分有趣。

天晴的時候，小林沿著彎彎曲曲又高低不平的山路，爬到土山頂上。在這裏我可以看見全鎮的風貌，最讓人注目的是西寺前那兩座高大雄偉的寶塔，挺拔地聳立著。再看東北面運河上的帆船，正緩緩地穿梭般駛過。朝東南方向望去，中山公園內那座文璧巽塔在綠樹蔭中露出那秀麗的身影，十分美觀。往西面的天邊看去，能夠依稀見到臨平山那幾座深藍色山峰的輪廓。

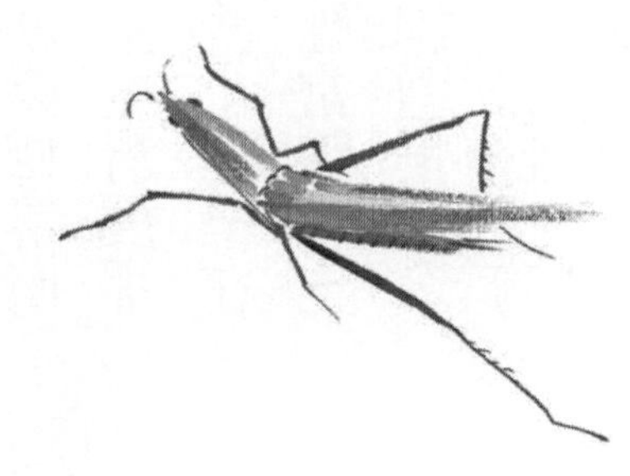

那時候，土山上長滿了綠油油的雜草和細長的野筍。每到春暖花開時，漫山遍野開滿了黃色、白色、紅色和紫色的小花朵。這些野花把整座土山打扮得漂亮極了，真的好像走進了一個童話世界。那蒲公英開的是薑黃色的花兒，花開過後便結出一個個小白球的形狀，只要用嘴一吹，那小白球便散成幾十個降落傘似的小白花，隨風飄揚又緩緩降下。土山上長著許多嫩綠的開著小白花的小雞草，可以拔來餵小雞。還有一種墨綠色野草叫「觀世音」草，那草莖又長又韌，兩根草莖交叉在一起，兩個人在一起時，可以比試草莖的韌性來做遊戲。小林常常和鄰居家的小夥伴在一起鬥草，比輸贏。再看那細長的「蛐子草」草莖，能分出細絲一般潔白的草鬚，小林經常用它來鬥蛐子。那些長著小小圓形葉子低矮的酸梅草，可以採來食用，口渴時摘幾張酸梅草葉子，放進口裏慢慢咀嚼，有一種酸溜溜的味道，能解渴生津，是一種難得的天然解渴植物。還有像盆子一樣攤開的兔子草，那鋸形的大葉片摘斷時會流出牛奶一樣乳白色的液體，這草兔子最愛吃。

在土山腳下，長有一種名叫燈籠草的野草，那細長的草莖上掛著一串串長圓形的小綠燈，看起來十分可愛。還有一種不知名的野草，會結出一粒粒很小的紅色和黑色圓形的果實。那些漿板頭草遍地皆有，把整個空地鋪得滿滿的。長長的「老鴉藤」草到處攀附著向上生長，它的葉子敲爛後我們用來治療膿包潰爛。魚腥草的葉子有一股魚腥味，此草卻是一味中草藥。

土山上我最喜歡去的地方是半山腰的野竹林，那裏有可以食用的野筍。春天裏，幾場春雨一過，那些低矮的野竹林間便長出密密麻麻的野筍來。野筍比毛筆稍粗，有一尺多長，隨手可以拔到一大把。小林把拔來的野筍洗淨後，帶殼放在飯鍋上蒸，等到米飯燒熟時，揭開鍋蓋便聞到一股誘人的清香。食用時只要剝去外殼就可吃了，土山上的野筍味道特鮮，吃了後真叫人難忘。

花鳥

小林的家鄉桐鄉市崇福鎮，是一個有著千年歷史的古老縣城所在地。由於常期的社會閉塞和落後的生產方式，古鎮上不僅民風淳樸好客，而且還保留了不少歷史文物和原始的自然景觀。我小時候走在小鎮的街道上，抬頭可見高大的樹木和築在樹枝上的一個個鳥窩；低頭便見街道小弄的空地上野草叢生，五顏六色的野花點綴其中，構成一幅綠色美麗的自然景色。

在小林家西面約一百米處，有一個全鎮唯一的操場，面積有四五個足球場大小，鎮上人都叫它大操場。

傍晚，我常常邀三五個小夥伴，一起到大操場去玩。沿著門前的石板小路走到了大操場，彷彿來到了另一個綠色的世界。眼前是一片綠油油的大草地，草叢間長有黃色、白色、淡紅色、玫瑰紅等各種顏色的野花。小夥伴快步在草地上行走，不時有小小的蚱蜢從草叢裏跳出來，飛快地消失在附近的草地裏。那蚱蜢十分有趣，尖尖的頭兒，長長的大腿，全身呈現草綠色。蚱蜢一旦藏進草叢裏，是很難發現的。看著這可愛的小蚱蜢，我們情不自禁地要去捉住牠。我們捉到蚱蜢後，總是捏住牠的兩條長腿，這樣蚱蜢就會上下擺動做叩頭狀，真是有趣。

大操場東西兩旁各有一座十來米高的土山，土山上長滿了雜草。東面的那座土山上，還長有七八株高大的雜樹，景色十分優美。幾個孩子沿著一條彎彎曲曲的小路，艱難地爬到土山頂上。從這裏居高臨下，可以看見全鎮的風貌，那南邊西寺前的兩座高聳的寶塔，真是雄偉壯觀。土山上玩了一會便下山來，下山時一不小心就會滑倒，屁股落地坐個「騰莊」，這時大家會歡快地笑起來。無憂無慮的我們，一忽兒上山，一忽兒下山，盡情地玩耍作樂。

操場的西北角有六七口大小各異的池塘，池塘東面有兩顆高大粗壯的銀杏樹，大樹北面一座傳說是呂留良家的東嶽廟（現在是桐鄉二中所在地）。這裏的池塘分佈有致，相互連通，據說是呂留良家園內的七星池。池塘是小夥伴的樂園，池裏有小魚、小蝦，池旁的樹上有小鳥在鳴叫跳躍。小林拿一隻紗布做的小撈勺，可以隨手撈起幾尾小魚，然後將小魚放進盛有清水的玻璃瓶內，拿回家去慢慢觀賞。小魚在瓶子裏歡快地流動，動作千姿百態，十分惹人喜歡。春天到了，池塘裏東一片西一片烏黑的水面在浮動，那便是小蝌蚪，小林叫牠「毛毛魚」。「毛毛魚」渾身墨黑，圓滾滾的身子，還有一根長尾巴。這小蝌蚪極容易養活，那時我曾經把幾條小蝌蚪養在水缸內，過了幾天，小蝌蚪尾巴邊長出了兩條腿，又過了幾天後，尾巴退去了，長出了兩條前

腿，完全變成了一隻小青蛙。用不多久，小青蛙一隻隻跳出了水缸，到處亂跳，很難抓到了。

崇福是一個具有一千多年歷史的古鎮，從晉朝開始一直是縣城所在地。鎮上古老的建築頗多，最有名的是崇福禪寺、城隍廟、孔廟、東嶽廟、南寺、北橋、萬歲橋、中橋、宮前橋、縣橋、廟橋、西寺橋等，城郊有歌舞廟、何城廟、迎恩橋、司馬高橋、南三里橋、北三里橋以及一座環繞全鎮的古城牆。

小林有一次跟著外公跨進西寺（崇福寺）金剛殿的大門，抬頭突然看見高大凶相的四大金剛時，心裏真有點兒害怕。金剛殿后面有一隻巨大的鐵質香爐，高約二米，有蠶匾大小，置放在一個圓形的大石墩上面，顯得古樸莊重。西寺裏留有許多磚木結構的古老房屋，當時已改作為鎮上的學校，小林就在這裏讀完了小學。

西寺山門內有兩座寶塔，建造得十分精緻靈巧，寶塔上塑有造型各異的菩薩佛像。塔身四周常年鳥雀繞塔飛翔，歡快的鳥叫聲不絕於耳。微風吹拂，寺殿飛簷下的銅鈴會發出清脆悅耳的「叮噹」聲。那時在靠街的山門口有不少小商販，有賣水果、糕點、糖果、小吃的攤位，叫賣聲此起彼伏，「糖拌梅子——」「糖燒荸薺——」「五香茴香豆——」悠長悅耳的叫喊聲，吸引著過路的行人前去購買。寺院內香火通明，檀香味四處飄散，銅鐘和木魚的敲擊聲，夾雜著和尚的「喃喃」誦經聲不時從寺內傳出。

走出西寺再往西約二百米處便是城隍廟，廟前的甬道又長又寬，這裏是一個小商品集市，各種小吃和日用小商品應有盡有。走進城隍廟先看見一座造型精緻的小石橋，過橋有幾幢供奉菩薩的殿堂，終年香火不斷。農曆十

月廿三傳說是城隍菩薩的生日，這天前後六七天時間是鎮上的重要節日，也可稱為「狂歡節」。鎮上人山人海，熱鬧非凡。各種戲劇、雜耍、馬戲團、木偶表演和看「大洋畫」、打拳頭賣膏藥等都來湊熱鬧。一年一度的廟會是商家賺錢的好機會，也是孩子們最有吃有玩最快樂的日子。

現在那大操場已經劃給桐鄉二中了，那些池塘早已就被填成了平地。東嶽廟已經全部拆建成水泥樓房。那西寺還保留著「金剛殿」，城隍廟的古建築物早已拆除，鎮上還留下孔廟、司馬高橋、文璧巽塔等少數幾處古代珍貴文物。

小林的家在崇德縣城所在地的小鎮上，在這裏有不少文物古蹟和優美的自然風光。千年大運河穿城流過，兩岸遍地是農田桑園，土地肥沃，物產豐富。

小林家的院子裏也有五六株一丈多高的桑樹，每年春蠶飼養期間，總是有蠶農上門來買桑葉，家裏有一筆小小的收入。桑樹上生有桑果，桑果成熟時呈紫紅色，孩子們叫它「烏多」。「烏多」果汁多，鮮甜，家裏和鄰居家的幾個小孩常常爬到樹上去採「烏多」吃，每次都吃得滿嘴烏黑。吃「烏多」時，要連果子上青綠色的柄一起吃下去，據說這柄吃了有清涼解熱作用。

說起桑樹就有好多品種，經過人工栽培的桑樹，樹幹不高，近圓形的葉片長得大又多，結的桑果味甜、汁水多。還有一種沒有嫁接過的野桑樹，樹幹長得細長高大，桑葉少。而且野桑的葉片尖又小，結的果子很多，淡紅色成串狀，味道淡、汁水少。在每年桑果成熟的季節，是孩子們最快樂的時候。那時，鎮上人家的經濟條件很差，平時除了鹹菜淡飯能吃飽肚皮以外，根本沒有錢去買水果來吃。看著那大片大片桑樹林內，藏在碧綠光滑桑葉叢中，一個個紫紅色水亮光光，隨手可採摘的桑果，顯得特別誘人。在小林家鄉，長在桑樹上的桑果是免費水果，可以讓路過的人隨便採來食用。在那個年代，這桑果似乎是上天贈送給人間的仙果，是非常難得的一種免費食品。孩子們在放學後就三五成群地直奔郊外的桑樹地，看見紫紅色的桑果就採，邊採邊吃，常常吃得滿嘴巴全是紫紅色的桑果汁，一個個像是貪食野貓似的，十分好笑。現採現吃的桑果真的比街上賣的草莓要好吃得多，它那味道鮮甜可口。小林每次採桑果，除了自己大吃一頓外，還要用一張大桑葉捲成尖角包形狀，再採一包又大又紫的桑果帶回家，讓家裏人一起品嘗。

小林家裏朝南的木樑上原先有個燕子窩，這窩每年都有一對燕子來居住。春天到了，成雙成對的燕子在他家附近來回飛行，畫出一個個美麗的弧形，給恬靜的生活增添了不少樂趣。那喃喃的燕子叫聲，真好比是一曲曲春天的歌聲，宛轉悠揚，悅耳動聽。在他家後園裏，祖父親手種的月季、海棠、迎春、薔薇、十景花等花兒爭相競開，濃郁的清香味在空氣中到處飄散。

每年農曆二月十二日是百花的生日，這是一個傳統的節日。在百花生日這天，家裏人都很忙。大家先把一張大紅紙裁成小方紙，然後由小林將小紅紙粘到桃樹、梅樹、李樹、柳樹上，表示祝賀節日。同時，院子裏種的月季花、薔薇花、桂花、海棠花上，也貼上了紅紙。那些花草樹木全都打扮得鮮豔漂亮，充滿喜慶的樣子。

這時候，獨自飄著暗香、雪白美麗的梅花正開得鬧忙，嗡嗡作響的蜜蜂圍著花朵兒不停地飛舞。李樹、桃樹在長滿鮮嫩綠葉的枝條上，已湧現出無數個青綠略帶紅色又結實飽滿的蓓蕾，蓄勢待放。矮小的海棠花在墨綠色圓形的葉子中間，綻放出幾朵嬌小玲瓏粉紅色的花朵，真是太美了。種在花壇裏的那幾顆月季花，正開著大紅和粉紅色的花朵，花枝旁的一叢嫩綠的青草，把花朵襯托得更加嬌豔。小林湊近聞了聞，濃郁清香的花香味真令人陶醉。那一人頭高的薔薇花，已有三三兩兩的粉紅色花朵點綴其中。一陣溫暖的春風吹來，柳樹上帶著鵝黃色嫩葉的枝條隨風飄蕩，偶爾有幾隻春燕帶著呢喃的叫聲從天空中飛過，院子裏充滿了春意盎然的氣氛。那棵粗大

的柳樹上，無數根翠綠的楊柳條隨風輕飄，園子裏呈現出一派春意盎然的模樣。旁邊那株梅樹上，雪白的梅花剛開過不久，在綠油油的葉子中間，會突然生出一個個圓形的小小的青梅子，十分有趣可愛。等到東面門口的櫻桃樹上結出了鮮紅的果子，這時候小林爸爸得趕緊採摘，不然的話那鳥兒會搶先來啄食。園子裏的小鳥喜歡在樹叢間跳躍飛翔，鳥兒的鳴叫聲清脆悅耳，給人以輕鬆愉快的感覺。

在小林童年的歲月裏，春天是最值得留戀的季節，春天的燕子是家裏最受歡迎的客人。每當春暖花開時，天空中不時飛過成雙成對的燕子，是牠們將春天的訊息傳遍千家萬戶。燕子飛行的速度極快。牠張開那狹長的墨黑發亮的翅膀，舒展那剪刀狀漂亮的一雙尾巴，在低空中滑翔，飛出一個個輕盈優美的姿勢。燕子又像一位優秀的舞蹈家，在半空舞出精美的動作，真叫人看得目不暇接，讚不絕口。燕子飛過時，還不時留下一陣陣宛轉悠揚的呢喃聲，讓人聽了心情十分輕鬆愉快。

這年春天，小林家天井上空常有一對燕子在盤旋飛翔，時而停留在附近弄堂上空長長的電線上。過了幾天，這一對燕子飛進他家裝有木格玻璃堂窗的客廳內，來回盤繞不停地飛翔。後來，小林發現這對燕子來他家的次數更多了。牠們飛來時嘴內還銜著泥土枯草之類的東西，然後把這些泥草粘在房子正中的棟樑上。燕子的勤勞真叫人佩服，牠一次又一次，一點又一點把泥土雜草銜來。真是功夫不負有心人，不用幾天時間，一個半圓形灰溜溜泥土堆成的燕窩便出現在客廳樑木上了。要建成直徑

不到一尺，這個小小的燕窩對於人類來說是微不足道的；然而，對於燕子來說，全靠用嘴一口一口將泥土雜草，從老遠的地方千辛萬苦地銜來，建成那麼一個像模像樣的燕巢，真是一件了不起的巨大工程。古人說得好，只要功夫深，鐵杵磨成針。小林從燕子做窩得出了一個道理，做任何事情，都應該有燕子築巢的精神，看準了目標，持之以恆，不怕艱難險阻，日積月累聚集起來，成功的希望就一定會出現在你的眼前。

燕窩築成後，這一對燕子便成了小林家的一員。朝夕與他們一家人相處在一起。小林觀察到燕子全身長有烏黑發亮的羽毛，頭部下顎的羽毛呈淡黃色，看起來非常美麗。燕子那輕捷善飛的身影在小林的腦海內留下了很深的印象。燕子每天不停地飛翔，練就了一身矯健的身體。

過了不久，小林驚喜地發現這一對燕子飛來時杏黃色的嘴裏銜著小蟲子。這時，燕子窩裏傳出一陣陣輕輕的嘰嘰嘰叫聲。他抬頭一看，只見燕子窩裏探出四個小小的鳥頭，黃黃的小嘴巴張得很大。原來是這對燕子生養出了四隻可愛的小燕子。這一下屋子裏熱鬧極了。不時會聽到啾啾的鳥叫聲，這一對大燕子飛回來的次數也明顯增多了。原來燕子也跟人類一樣有愛心，寧可自己多辛苦點，也要讓孩子們吃飽，哺育好。

後來小林看到小燕子能跟著大燕子學飛了，這時屋子裏的燕子飛進飛出「幾幾喳喳」叫聲不絕，真的鬧猛極啦。一到晚上，小小的燕巢裏擠滿了六隻燕子，地上的鳥糞也一下子多了不少。這時小林的爸爸想了個辦法，在燕窩下方掛了一張硬紙板，從此以後再也沒有鳥糞掉下來了。又過了一些時間，天氣漸漸地暖熱起來了。有一天傍晚，小林一家人坐在客廳裏習慣地等候燕子歸來。可是，等啊等……天黑了，燕子還沒有回家來。小林跑到弄堂口，抬頭看看，發現原來電線上停滿的燕子，一隻也沒有了。他心裏猜想，燕子是季鳥，這時大概那些燕子都成群結隊飛到北方去了。

燕子飛走了，小林家客廳內缺少了往日的熱鬧，他們期盼著來年的春天早點到來，讓燕子能儘快再來家裏居住。

小林家裏還有兩株蟠桃樹，種在西面圍牆邊，樹幹都已經高出圍牆二尺多了。每年春天，蟠桃樹開放出粉紅色的花朵，這花初看跟桃花很相像。花開過後樹上便會結出一個個青色的小蟠桃，很像扁圓形的南瓜。等到蟠桃成熟時，青黃色的桃子略帶紅色，十分可愛。蟠桃味道特別好吃，又鮮又甜，真叫人吃了還想吃。

蟠桃紅透時，小林爸爸爬上梯子去採摘。採了一大籃，選幾個大的蟠桃送親戚朋友嘗嘗，剩餘的自己吃。那時，小林看見蟠桃樹幹上生出一粒粒棕黃色透明的樹脂，形狀像松香。樹脂軟軟的有彈性，他常去取來玩耍。蟠桃樹每年要施肥，鬆土，修枝。經過一番勞作後，來年會開出更加美麗的花朵，結出更多更好吃的蟠桃來。

在小林家的牆角裏有一顆高大挺拔的朴樹。朴樹主幹很粗，要二個人手拉手才能圍起來，樹梢高出樓房二米多。朴樹是做廚房裏墩頭的好材料。他家的朴樹上有個很大的鳥窩，窩內住著一對老鷹。每年春天，在朴樹根部會見到幾隻死掉的小雞、小鴨。由此可見，平時人們說的老鷹叼小雞，原來真有這麼回事。老鷹的眼睛特別好，牠能從高空找到叼食的目標，一下子以極快的速度從半空中俯衝下來，把小雞叼走，真是太厲害了。

小林在家裏常常看見天空中有老鷹飛翔，時高時低快速掠過。老鷹伸展牠那長長的翅膀，在藍天中慢悠悠地自由飛翔盤旋。老鷹能飛得很高，看上去很小很小，只有一個小點兒。傍晚，老鷹回巢時，邊圍繞樹幹盤旋，邊發出一長串銅鈴般的叫聲，所以家裏人喜歡叫牠為「鵮鈴」。

有一天，小林見到縣中教體育的俞老師來他家裏。俞老師手裏拿著一枝汽槍，與小林的爸爸說，打中了一隻老鷹，不知是否掉在這裏。俞老師在小林家的園子裏很快找到了老鷹，當時小林祖母知道了，向俞老師要個老鷹頭，據說吃了老鷹頭，能治頭暈毛病。

從此後，小林家的朴樹上少了一隻老鷹。又過了幾天，另一隻老鷹也不見回巢了。打那以後，天空中少了老鷹矯健的身影，再也聽不到老鷹銅鈴般的叫聲了。

那時候，在小林家的園子裏有一棵繡球花樹，樹幹有大碗口粗，樹梢高出圍牆二三尺。人站在牆外的土山上，可以十分清楚地看見這棵繡球花樹。

小林家的那顆繡球花樹上的葉子呈隨圓形，墨綠色，長得十分茂盛。每年春天，繡球花樹開花了，樹上的花開得很多。繡球花潔白滾圓，雪球般的花朵，真叫人喜歡。繡球花有足球大小，一朵朵圓圓的花兒，鑲嵌在綠葉中，十分豔麗可愛。繡球花是由一片片白色花瓣組成的，有著美麗的圖案。當繡球花盛開時會散發出淡淡的清香，引來許多蜜蜂圍著花樹飛舞採蜜。

繡球花樹上的花太可愛了，家裏人誰也不會去採摘。繡球花是一種名貴的樹種，在鎮上十分稀罕，常引來不少人慕名前來小林家觀賞。

小林家的院子不大，卻還種著兩棵石榴樹，一棵開紅花，另一棵開白花。一紅一白相影成趣，看起來十分美觀。

初夏季節，種在西南角牆邊的紅石榴樹，在翠綠光亮的葉子中間開出一朵朵火紅的石榴花顯得分外嬌豔鮮美。石榴樹的葉子較小，翠綠色的葉面光滑發亮，像打了一層石蠟。石榴的花開了，結出一隻隻紅紅的小石榴，樣子十分可愛。秋天，小石榴漸漸長大了。等到成熟時，薑黃色的果皮裂開了，露出一粒粒珍珠般玉紅色的石榴果肉。小林爸爸把熟透的石榴採摘下來，分給大家吃。透明的石榴果肉，可以一粒粒剝下來吃，那味道又酸又甜，真是好吃。

他家西面的牆邊還有一棵白石榴樹。白石榴是比較稀有的樹種，開的花呈白色。那潔白琳瓏的花朵煞是漂亮，十分討人喜歡。

小林喜歡紅石榴樹，因為它熱烈奔放的紅色花朵，在綠葉陪襯下顯得分外鮮豔奪目。心裏想在人生道路上難免會受到各種挫折，當你只要一看到那火紅的石榴花，便會一掃愁雲，信心百倍。紅石榴花給人力量和勇氣，給人帶來喜悅和歡樂。

野行

有一年春天，「清明」剛過，小林就讀的學校組織學生去遠足，地點是長安鎮。崇福到長安只有十二里路，沿一條古老的塘路朝南偏西方向走去，步行一個多小時就可到達。長安有火車經過，對同學們來說很有吸引力。記得這天早晨，同學們都很早來到學校裏，準備去遠足。等到人齊了後，由學校的兩位老師帶領，排隊出發。每個同學手裏都拎著小袋子，各自裝有粽子、軟糕、甜麥塌餅等點心，是用來當中飯吃的。

遠足的隊伍出城後，便沿著河邊的長安塘向南走去。一路上，同學們有說有笑，心情十分愉快。當同學們走上一座高高的石拱橋——南三里橋時，看見縱橫交錯的兩條河流在這裏交滙。河面上有幾條扯起高大風篷的木帆船正在緩緩駛過，還有幾條滿載貨物的敞篷船和小划船悠然自得地搖過。長安塘路面寬闊，足有三米多寬，這裏在抗戰時期曾經是公路，有汽車通行，現在開汽車的路基已經毀掉，只剩下一條高低不平的泥路。全班同學走在長滿綠油油青草的塘路上，只見路邊上全都種滿了蠶豆，那蠶豆花兒開得像一隻隻紫蝴蝶似的，漂亮極了。路旁田野裏有大塊大塊金黃色的油菜花，其間還夾雜著碧綠的麥苗，色彩十分鮮豔，城裏孩子很少能看到這美麗的田園景色。小林走了一會兒，看見有艘從長安方向開來的客輪，船艙內坐滿了旅客。船頭劈開河面正在快速前進，船尾機輪旋轉的河水，在兩岸激起很高的浪花。輪船是當時出門的主要交通工具，每天崇福往返長安的輪船有四五個班次之多。

一路上，同學們唱著歌，愉快的歌聲伴隨著歡笑聲在路邊蕩漾。走了大約一半路程，看見塘路上有個古色古香的四角石亭子，三面砌有石凳，可供路人休息。後來知道這個亭子叫做「七里亭」，石凳上可以坐十多個人。遠足的同學稍事休息後，繼續出發向長安方向前進。不多時，隊伍來到了張埠堰的一座高橋旁。大家看見這裏有個竹製的大漁罾，這時有兩個漁民正在搖動一張大魚網，魚網搖上後，只見網內有幾條大大小小的魚兒在跳躍，真是好看。等到同學們過橋後，望見長安鎮就在眼前了。

同學們的遠足隊伍到達長安鎮時，正好一列火車轟鳴著在前方開過。有不少同學還是第一次看見火車，心情十分激動。等火車開過後，同學們排隊來到火車站。大家在候車室內觀看南來北往的火車，一列列客車、貨車在眼前快速經過。過了一回，還有一列客車在站上停了下來，有許多人下車、上

車，熱鬧非凡。同學們在長安看到了火車，真是大飽了眼福。中午，全班同學就在火車站上吃中飯。飯後，稍事休息後，同學們依舊排隊，唱著愉快的歌兒步行回崇福。

這次遠足收穫不小，在春光明媚的大自然裏，小林盡情享受美麗的春色，學到了不少課堂上沒有的知識，同時還放鬆了身心，開闊了視野，真是好處多多。

這一年秋高氣爽的季節，小林約了幾個同學，在星期天出北門到附近鄉下去玩。他們走在鄉下一條彎曲不平的小路上，沿途看到的是城裏看不到的大自然美麗的風光。金黃色的稻田一望無邊，翠綠色的桑樹連成片。在一個名叫虎嘯鄉錢家埭村莊一帶的道路兩旁，密密麻麻種植著樹冠整齊的烏桕樹。虎嘯鄉錢家埭村是以種植烏桕樹而聞名全省的小村，為此還多次得到上級有關部門的表彰。

秋天是豐收的季節，也是烏桕籽採摘的季節。夏天的烏桕樹葉呈青綠色，葉子長得繁華茂盛，可遮蔭供路人休息乘涼。秋天的烏桕葉紅得溫暖，紅得樸實，紅得讓人從心底裏喜愛。烏桕樹還有「綠茵護夏、紅葉迎秋」的觀賞效果。到了秋冬季節，乳白色的烏桕籽掛滿枝頭，那就可以看到另一番美麗的風景。真是叫做「偶看桕樹梢頭白，疑是江梅小著花」。

那烏桕樹上的樹葉呈雞心形，秋天，除少量葉子是青黃色外，大都已是火紅色，遠遠望去煞是好看。那情景像是進入「停車坐愛楓林晚，霜葉紅於二月花」的圖畫之中。烏桕樹入秋後果子就開始成熟了，顯得十分可愛，樹上會結出一串串裂開棕色外殼，奶白色滾圓的小果實，這就是烏桕籽。那時運河兩岸的鄉村裏到處都有烏桕樹，高大樹冠上的葉子像是開滿了火紅的鮮花，那景色把水鄉田野打扮得像個漂亮的村姑一樣，淳樸可愛。那時候，小林和同學們一路上，看到樹上的烏桕籽一串串的像滿天星似的，潔白豐滿。

走著走著，小林看見小路旁的烏桕樹下，零零散散有幾粒掉下的烏桕籽，那幾粒乳白色的比玻璃彈子還小的烏桕籽，看起來十分可愛。同去的幾個同學蹲下身子，爭先恐後像拾到寶物似的一顆顆拾起來，帶回家去玩耍。

烏桕樹生長在鄉村的小路旁，一點也不顯眼。它從來不張揚，也不與其他作物爭風吃醋。一生默默奉獻，甘做無名英雄，烏桕樹的品質十分高尚可貴。

養鳥

小林特別喜歡玩耍，打水槍、搭積木、捉蚱蜢、騎木馬、踏小三輪車，樣樣都玩得津津有味。他每天吃飯胃口很好，小菜最喜歡吃鵪鶉蛋。起初是水蒸蛋，後來給他吃整個煮熟的鵪鶉蛋。鵪鶉蛋小巧玲瓏，蛋殼光亮有深褐色的花斑，像是一件精美的工藝品，非常美觀漂亮。小林吃蛋前，總要先把煮熟的鵪鶉蛋拿在手裏玩呀玩，直到玩夠了再吃。有一天，小林爸爸去買鵪鶉蛋時，賣蛋的人告訴他，這鵪鶉鳥長得很快，一個多月就能長大為成鳥。回家後，他把聽到的話講了一遍，兒子聽了感到滿新鮮好奇，吵著要爸爸去買鵪鶉來養。

這鵪鶉從來沒有養過，小林爸爸先去新華書店買了一本《怎樣飼養鵪鶉》的書來看。書中說現在我們飼養的鵪鶉原是從野生鵪鶉鳥經過人工馴化而來的，又說鵪鶉鳥體質強健，容易飼養。同時書中還稱鵪鶉蛋是動物人參，營養極豐富。接著他帶了小林到鎮上一戶養鵪鶉的居民家去參觀，回來後自己動手用舊木箱、鐵絲網做了一隻養鵪鶉的籠子。過了幾天後，小林爸爸買來了四隻小鵪鶉鳥。小鵪鶉比乒乓球還要小，全身長著乳黃色的絨毛，這幾隻圓滾滾小球似的小鳥不停地叫呀跳呀，真是活潑可愛。鵪鶉鳥吃的飼料是米糠和魚粉，放在一個竹製的食盆內，另外還要放進一隻盛清水的水碗。小林挺喜歡小鵪鶉，每次他都要搶來添食加水。鵪鶉特別貪吃，初養時四隻小鵪鶉一天就要吃半斤左右的飼料。

小鵪鶉長得也真快，幾乎是一天一個樣子。一個月後，小鵪鶉長大了，羽毛變成了棕褐色，看起來灰不溜秋的樣子，一點也不可愛了。這四隻鵪鶉養到快二個月時，已經是成鳥了。一天傍晚，小林全家正在吃晚飯時，突然聽見「幾」的一聲很尖的叫聲。他走近鳥籠一看，驚喜地發現籠子裏出現了一個花鳥蛋。小林真是開心，拿著鵪鶉蛋左看右看，好像得到了一樣什麼寶貝似的。從那天起，只要聽到「幾」的鳥叫聲，準是鵪鶉在生蛋，鳥籠裏天天可以拾到鵪鶉蛋。鵪鶉鳥生蛋很勤，小林家養的四隻鵪鶉是三雌一雄，每天總會生下三四個鳥蛋。自己養的鵪鶉生下的蛋要稀奇，起初他捨不得吃，把拾到的鳥蛋放在一個小紙盒裏，一直等到積蓄了二十多個蛋才開始煮來吃。

鵪鶉的糞便黑色，很肥。小林家院子裏的葡萄藤根部施進了鵪鶉鳥的糞，結果這一年的葡萄結得特別多，口味也特甜。

養鵪鶉鳥使小林學會了不少知識，還培養了他飼養小動物的興趣，養成了愛勞動的好習慣，真是收穫不小。心裏想做任何事情只要不怕困難，堅持不斷地做下去，是總會有成績的。

釣魚

小林每年放暑假時，最喜歡做的事情就是到小河邊去釣魚。那時孩子們口袋內誰也沒有錢。釣魚用的釣魚竿全是自己做的，小林先是到竹園裏去砍一根二米多長，又細又直的小竹來做釣竿。釣魚鉤是找一枚縫衣的繡花針，用剪刀鉗住放到煤油燈上去燒紅，再用鉗子將針慢慢彎成鉤子形狀。釣魚鉤做成後用一根長長的細弦線串起來，然後找來粗的麥柴稈剪成約一寸長的幾小段，穿在弦線上做浮子。最後是將弦線繫緊在小竹上，到這時一根自製的簡易釣魚竿便做成了。

那時候，釣魚最好的誘餌是蛐鱔（蚯蚓），蛐鱔喜歡潮濕肥沃的土壤。於是，小林就到灶間後面的排水溝附近去挖蛐鱔，只要一會兒工夫，就能挖

到幾條又粗又長的蛐鱔。他將蛐鱔剪成小段，留做釣魚時做誘餌用。

夏天的中午氣溫很高，小林這孩子硬是不肯午睡，悄悄地溜出屋子，去屋後不遠處的小河邊釣魚。人坐在河邊樹蔭下的土墩上釣魚，河面上微風吹來有絲絲的涼意，他的心情十分輕鬆舒暢。小林把一小段蛐鱔串在釣魚鉤上，然後用力將鉤子拋出去，儘量拋到河中央去。這時，大家一聲不吭，也不隨意走動，安下心來靜靜地坐在那兒等候魚兒上鉤。這時候，小林腦海裏忽然想起了民間故事中的姜太公釣魚。古代有個名叫姜太公的人，喜歡獨自一人默默地坐在江邊釣魚。姜太公這人很怪，心裏想的是讓魚兒願者上鉤，所以他釣魚的魚鉤是直的。這是小林還想起了一幅很有名的畫，標題叫做

「寒江獨釣圖」，畫的是一個漁翁，下雪天一人身披蓑衣，獨自坐在小舟上釣魚的情景。

過了一會兒，小林發現麥稈做的浮子好像磕頭蟲一樣「卜通、卜通」晃動著。當時他心裏暗暗高興，知道是魚兒來覓食了。隨著最前面那個浮子的快速下沉，小林的心跳也驟然加快，慌忙把釣竿一提，魚鉤露出了水面，只見那段蛐鱔短了一截，魚兒卻沒個影子。這時，小林不灰心，重新將魚鉤抛到遠處，耐性地等待。又過了好一會兒，浮子又在動了，他趕緊一拉，又一次沒有釣到魚。這樣經過三番五次後，他試著等到前面的四五個浮子全都沉到了水裏後，才將釣竿用力拉起，這時小林感到手裏沉甸甸的。「魚！」旁邊有人大聲喊著。這次總算成功了，只見一條三四寸長的鯽魚在魚鉤上翻滾亂跳，魚鱗在陽光下不時閃著銀光。小林趕緊把魚兒放進早已準備好的小桶內，魚兒一脫鉤便活潑潑在水中游了起來。他在魚鉤上換了一段蛐鱔後，又重新抛到了河裏，再一次耐心等待。這天一下午時間，小林釣到了十多條大大小小的鯽魚，成了晚餐時的美味。

從那次釣魚之中，小林慢慢悟出了一個道理，釣魚的竅門就是要有耐力，要耐心等待，不能性急，真所謂「欲速則不達」，那「揠苗助長」的做法，是難以將事情辦好的。釣魚如此，做其他事情也是這個道理。小林明白了一個道理，做任何事情，一是要耐心等待，二是要等待機會。等到一有機會時，就要抓住不放，迅速出擊。只有這樣，你心裏想做的事情，才有可能取得成功。

零食

小林讀小學的時候，街頭的零食很多，也很別致。那些零食色彩花俏鮮豔又有令人陶醉的撲鼻香味，對孩子來說是多麼的誘人。

那時候，街上經常可以看到一個身材矮小、臉孔削尖的外地老頭。他身穿深藍色竹裙，肩上揹一隻約兩尺半直徑圓形的竹籃，裏面放著醃製好的橄欖和黃連頭。老頭手拿兩塊毛竹片，慢慢走著，邊敲邊喊：「賣橄欖、黃連頭啦———」叫賣聲一聲高過一聲，響遍大街小巷。黃連頭顏色青黃，有點像鹹菜的樣子，約有二三寸長，十來根一小紮，那時只賣一分錢一紮。俗話說「苦如黃連」，在小林的想像中黃連是最苦的東西。而這黃連頭是用黃連的嫩芽醃製而成的，吃起來沒一點苦味，反倒覺得十分清香可口。老頭說橄欖是和黃連頭一起醃製的，一上口味道果然不同一般。那橄欖香醇鮮甜，吃後滿口清香，餘味無窮。

在大街小巷裏，還有外地來的小商販拎了竹籃，沿街叫賣海螄。海螄是用小盅子量了賣的，用不了幾分錢就可讓你吃個滿意。那海螄尖尖的，只有一二公分長，只要輕輕一吸就能吃到海螄肉。海螄肉呈淡藍色，有韌性，味道鮮美，有點兒鹹滋滋的味道，很好吃。

縣街上有位老人，一年四季端了一隻木盆，上街叫賣自己製作的糖拌梅子、糖燒荸薺、糖拌風菱等等。他配製的糖拌梅子，採用剛上市的新鮮青梅子，個兒大小均勻，經醃製後拌上溶化的白糖。等到製好後，看起來外表雪白，裏面青綠色。吃一口糖拌梅子味道酸甜適中，清脆爽口。糖燒荸薺是用小竹棒串了賣的，每串五六個。荸薺全都是紅殼的，每個大小差不多，燒煮前先已除去了蒂頭。荸薺經糖水燒熟後，看上去亮光光的，有點半透明模樣。吃一口甜滋滋的，又香又糯挺好吃。老人的糖拌風菱真是別有風味，風菱是採用兩角老菱，個頭大，菱肉白裏帶紅。老菱經過風乾後，去殼，外面再拌上燒煮過的白糖，看上去雪雪白。這糖拌風菱吃一口香甜可口，還有點沙豆味。

縣街上還有一位賣零食的小商販，外號叫「小聾子」。他賣的茴香豆全鎮有名。「小聾子」常年在大街上設攤叫賣，生意一直很好。他賣的茴香豆大小一樣，軟硬適中，吃起來又香又糯而且有咬嚼。

那時候，小林讀書的小學就在西寺裏，西寺山門口的小商販很多，其中有個旋糖攤生意最好。旋糖盤的直徑約有一米左右，中間的木柱上架著一根小棍，小棍的一端繫著條帶針的線。小棍可以轉動，木盤上糊有五顏六色寬窄不同的紙條，紙條上標著數位。這裏一分錢一旋，等到小棍停下後，鋼針指在那張紙條上，就可知道你得

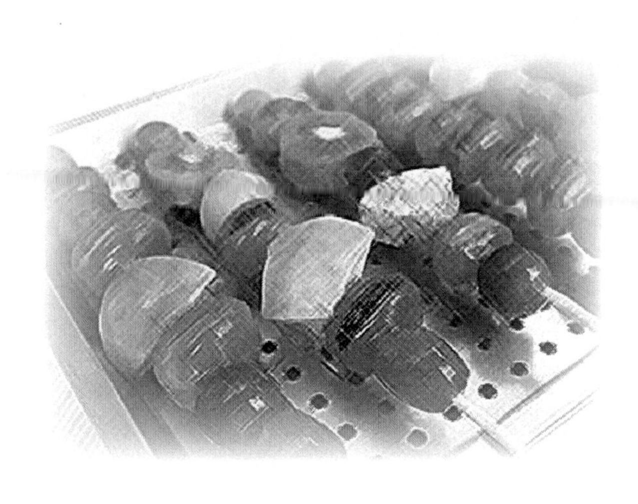

到多少蛋片。蛋片是現做現賣的，蛋片是將雞蛋加麵粉打勻，放到一個圓形的鐵片上去烘烤，一會兒薄薄的碗口大的蛋片便製成了。蛋片很薄，放進嘴內就沒了，不過這旋糖遊戲倒很好玩，吸引了不少小朋友。

崇德有一種食品可稱之為美食，那就是雞蛋糕嵌蜜糖糕。雞蛋糕嵌蜜糖糕看起來黃澄澄鬆噴噴，吃一口香甜軟糯，味道特好。這是一種由兩樣糕點合成的食品，其製作工藝十分講究。蜜糖糕是用上等糯米磨成粉，然後以一斤糯米粉摻一斤白砂糖的比例拌均勻，放入蒸籠內後在上面撒少些核桃肉、紅綠瓜絲，用蒸氣將糖糕蒸熟。等到蜜糖糕涼透後，把它切成一條條長方形的形狀。雞蛋糕則是先用新鮮雞蛋打入桶內，把蛋攪拌均勻，然後加入麵粉和適量的水用攪拌機拌勻，再放進烘爐內將蛋糕烘成油光焦黃的顏色，這時雞蛋糕便製成了。

鎮上食品店裏出售的雞蛋糕嵌蜜糖糕是營業員將糕點經過加工合成的。先把方形的蛋糕切成六塊或八塊，然後將每一小塊蛋糕中間剖開。接著是把蜜糖糕切成小塊，再將剖開的蛋糕翻轉來，蛋糕的裏層朝外，最後把蜜糖糕嵌入中間，一塊雞蛋糕嵌蜜糖糕就這樣全部製作完畢。

雞蛋糕嵌蜜糖糕不僅好吃耐餓，而且攜帶十分方便。小林平時很少去買來吃，只有在出遠門去的時候，才買幾塊帶在身邊，肚子餓了就可以拿出來充饑。雞蛋糕嵌蜜糖糕可以保存多日而不變質。崇福有幾位糕點師傅做工很精巧，他們製作的雞蛋糕嵌蜜糖糕真是色香味俱佳，是鎮上的一大特色食品。

小林放學後，老師很少佈置回家作業。他回家後書包一放下，就約幾個小夥伴去玩。那時候玩得最多的的是打彈子。彈子是用玻璃製成的透明的小球，內蕊鑲嵌有紅紅綠綠的彩色花紋，煞是好看。

玩打彈子十分簡便，只要在一塊空曠的泥地上挖一個小洞，就可以玩了。打彈子時，幾個人要站立或者蹲著距小洞一丈遠的地方，按次序輪流打。玩時先把彈子

放在手上，用大拇指將彈子彈出去，目標是地上的小洞。看誰先把彈子打進洞內，誰就可以用彈子打別人的彈子。「碰」一聲，兩粒彈子碰擊時會發出清脆的響聲，然後飛向兩旁。你一旦擊中對方的彈子，就算贏了。這時，被打中彈子的輸者，就要拿出一張洋片給贏家。所謂洋片，印有各式各樣兩本課本大小彩色連環畫整張的硬紙板，拿回家再用剪刀剪成小張小洋片。當時，一分錢可以買到四五張小張的洋片。洋片上的圖畫豐富多彩，有繪《三國》、《水滸》、《西遊記》等等故事的圖片，很受小朋友的喜愛。小林從洋片中最早知道了劉備、張飛、關公、武松、林沖等等古代的英雄人物，開始接觸到古典文學中幾個精彩的故

事。打彈子是一種遊戲，也是一種運動。小朋友放學後到野外活動活動，對身體是大有好處的。有時候孩子們身邊沒有洋片，誰輸了就給贏的人敲一記手心，也就算了。

打彈子也是小林玩的一種遊戲，那時候他放學後幾乎天天都去玩。打彈子還可以練眼力，你一旦玩得多了，眼功就會越來越準，打中彈子的機會就多。每當夏日炎炎的暑假裏，小林邀幾個同學在陰涼處玩玩打彈子，雖說大家玩得兩手髒兮兮的，卻忘卻炎熱的盛夏，得到了專心於遊戲的歡樂，這是小林和同學們一種快樂的遊戲活動。

滾銅板也是一種十分有趣的遊戲，小林挺喜歡玩這種游戲。他從家裏翻出來的銅板是清朝和民國時期鑄造的，市場上曾經流通過的銅質貨幣。圓圓的紫銅色的銅板上，一面分別印有「大清帝國」或是「中華民國」的字樣，另一面則印有造型精美的清朝雙龍圖或是民國時期兩面交叉的旗幟。銅板大小相似，而顏色不同，有紫銅色、黃銅色、青銅色等，輕重厚薄也略有區別。這就使銅板落地時的聲音也有所不同，有的響亮，有的沉悶，還有的聲音很輕，這銅板的聲響十分耐人尋味。

滾銅板只需要用兩塊磚頭，其中一塊橫放，另一塊豎起斜架在橫倒的磚頭上。玩的人站立著手持銅板，儘量使銅板豎直，然後手一放，銅板「噹」一聲落在磚頭上，彈高後再滾到遠處。幾個來玩的人依次輪流，看誰的銅板滾得遠。一輪結束後，比誰滾得遠，最遠的那人就取得進攻權。他就可以站在銅板滾到的地方，拿起這枚銅板去「叮」別人的銅板。如果進攻的銅板一旦擊中別人任何一個銅板，便會聽到「噹」一聲清脆的銅板碰擊聲，這時他就贏了，可以繼續進攻別人的銅板。銅板「叮」不到為無效，由銅板滾得第二遠的人發起進攻，依次輪流攻擊，比誰擊中得多為贏。幾個小朋友在一起玩，「叮叮噹噹」響聲不斷，這比試是「友誼第一，比賽第二」，大家都不把輸贏當作一回事。場地上歡笑聲此起彼伏，真的是快樂無比，趣味無窮。

小林在學校裏的一本雜誌上，看到了一篇關於介紹如何安裝礦石收音機的文章，他對這件事產生了濃厚的興趣。所謂礦石收音機，實際上是利用一種特殊的礦石來接收電波，以此來達到收音的效果。礦石收音機結構簡單，容易安裝，而且還不用電。小林決心要自己動手裝一臺礦石收音機，從此他省下平時很少能得到的零用錢，一分一角地積起來。兩個月後，小林用自己積蓄的錢，去鎮上的一家五金商店裏購買礦石收音機的零件。礦石很小，像一顆糖果大小，一頭裝有小塊閃閃發光的礦石，另一頭有個紅色小旋蓋，蓋上的細銅絲接觸礦石表面，外面還有個透明的玻璃罩，看起來美觀精緻、小巧玲瓏。電阻短小只有一公分長，深褐色。電容器是鋁製的，片狀的幾個葉片可以轉動，是選擇電臺用的。我把這三個零件按照圖紙上的要求，用銅絲連接在一塊小木板上，就這樣一架自製的簡易礦石收音機就裝成了。

這天傍晚，小林在家裏找到一根十來米長的鐵絲，將它的一頭繫在後院的楊柳樹上，另一頭繫在

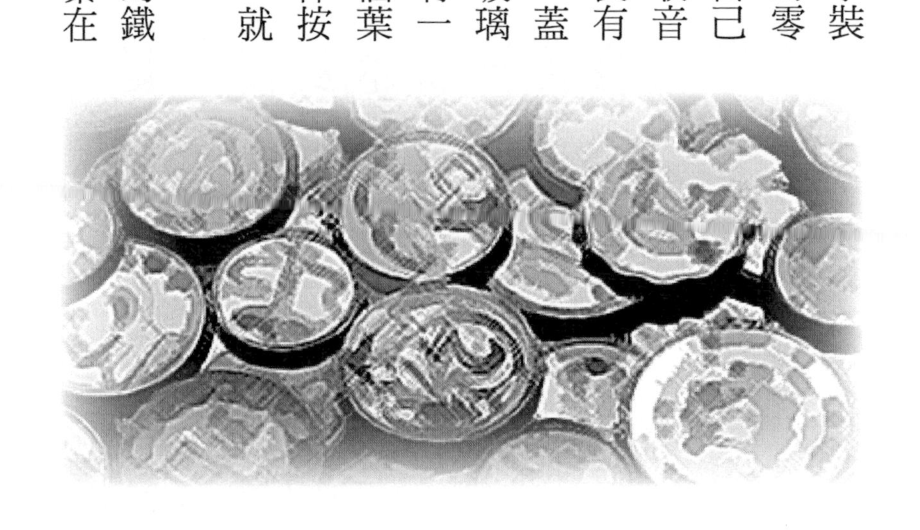

窗口的鐵釘上，這就成了礦石收音機的天線。然後，再從天線上用一根銅絲連接到礦石收音機上。最後，插上耳機，當小林慢慢旋動礦石上的紅色旋蓋，會聽見「トトト」的聲音，再慢慢旋動可變電容器，不一會耳機內響起了悠揚的音樂聲。到這時，小林的礦石收音機總算裝配成功了。他真高興，連忙叫家裏的人一個個來聽。礦石收音機的聲音比較輕微，但十分清脆，沒有一點雜音和電波聲，是真正的全保真收音機。後來，小林按照書上的介紹，把耳機反扣在瓷碗裏，這樣一來收聽的音量比原來增加了不少，三四個人圍在一起能聽到礦石收音機內傳出的聲音了。小林裝的這臺礦石收音機，可以收聽到杭州的浙江人民廣播電臺和來自北京的中央人民廣播電臺的節目。那時每天晚上，小林睡在床上靜靜地收聽電臺的新聞和音樂節目，享受著生活的樂趣。他經常在悠揚的歌聲中漸漸進入夢鄉。

小林從那次裝礦石收音機中體會到，學習知識應該是多方面的，書本上的理論知識當然要學，課外的實踐活動也相當重要。只有理論聯繫實際，在實踐中再學習理論，再反覆實踐學習，才能學到真正有用的的知識。

農曆正月初一是新年，也叫做春節，過春節也就是過大年。一年一度的過年，可以說是小林最快樂的節日。小林家過年十分鬧猛，年味也很足。在年前半個月左右，家中的大人們已經在忙著為子女添做新衣裳、新鞋子，還要上街去置辦年貨，買肉、魚、雞、蛋、菜等，這些都是過年時必不可少的食品。那時候小林家平日的小菜很少有魚肉葷腥，雞肉只有在過年時才能吃到。過年時他家中還要備好糖果、橘子、甘蔗、青果、長生果、南瓜籽、狀元糕、橘紅糕等糖果糕點。這些糕餅果子是孩子們平時難於得到的零食。

近年關時，家裏要算廚房裏最忙亂，大人們忙著用米粉做小圓子，這是年初一早餐全家人要吃的甜點——白糖小圓子，有甜甜蜜蜜的意思。還要

做供品用的米粉製品，小林最喜歡的是那些用米粉做成的魚、鴨、雞、羊、豬、兔等小巧玲瓏的動物，在這上面再用紅顏料來點眼睛，等到米粉動物蒸熟後，看起來很是可愛。這些用米粉做的小動物一蒸好，就分給孩子們吃，這時大家又蹦又跳高興極了。

農曆十二月二十三，按民間風俗要吃糯米飯。記得那時家裏燒的是赤豆糯米飯，在吃的時候飯面上再放一點紅糖，這碗又香又糯的糯米飯，一年之中也就能夠吃到那麼一餐。當時，糯米飯燒好後，第一碗是要供在灶山上的灶神面前，以表示敬意。民間傳說這一天，各家的灶神，要上天去彙報這家人一年來的所作所為。為了不讓灶神講壞話，家家要供上畫有菩薩像的金黃色的灶元寶，再供上飴糖塌餅，還要請他吃糯米飯，以此來封住他的嘴巴。大年三十夜，各家各戶還要「接灶」，也就是將灶元寶用火在灶前燒給灶家菩薩，迎接灶神回來。

大年三十的年夜飯，是一年中最為豐盛的一餐。這天一家人要忙碌一整天，先要燒好幾桌供祖先和土地菩薩的小菜，從上午開始一桌一桌慢慢祭拜。桌面上放滿葷素小菜、糕點、水果、黃酒、盅筷等，然後再點燃香燭，按輩份大小一個個依次叩拜。在叩拜時要十分認真，心裏還要默默許個願，求來年平安幸福，萬事如意。

接下來的年夜飯做得很是考究，辛苦了一年的人們，到這時才可以放開肚皮大吃一頓。吃年夜飯時如果小孩不懂事吃多了，大人也不會責怪。一家人開開心心，有說有笑在愉快中享受這難得的美味。等到年夜飯吃好後，長輩會摸出早已準備的用紅紙包的「壓歲錢」。每包內有二角或四角錢，雖說錢不多，但是孩子們已是高興得又叫又跳，真的開心極了。小林平時口袋裏，常常是連一分錢也摸不出的，過年幾角錢的「壓歲錢」，可算是一筆不小的收入。

大年初一天剛亮時，家裏人開門後，第一件事情就是要放鞭炮，稱之為「開門炮仗」。然後，一家人互相拱手道喜，祝賀新年好，左右鄰居之間到處洋溢著祥和喜慶的氣氛。年初一

的第一餐早餐吃的照例是桂花白糖糯米小圓子，這是討口彩，含有甜甜蜜蜜的意思。過年時要算孩子們最開心了，家中不但有好東西吃，有新衣服穿，而且還能盡情地上街玩耍。那時候，新年裏家家戶戶都要拎了禮品去走親戚，上門拜年恭賀新春。每戶人家的大門上貼一對大紅春聯，牆上掛幾幅嶄新的年畫。在春節期間，親朋好友來來往往十分熱鬧，常常是賓客盈門。用餐時大家舉杯暢飲，笑語聲、祝福聲一陣高過一陣，處處充滿著歡樂和諧的氣氛。大年初一，一清早街上便是鞭炮連天響。新年第一天全家人要起早，小林穿戴新衣裳、新鞋子、新帽子。他在家裏看見長輩時要鞠個躬，道一聲：「爹爹（奶奶），新年好！」大人們也會笑著回敬一句：「新年好！」這就叫做拜年。年初一，家裏的客人比較多，招待又要客氣。在小林家的八仙桌上的玻璃高腳盆內，分別放有糖果、橘子、狀元糕、桔紅糕、麻片糕、南瓜籽等等。在每隻盆子上面還蓋有圓形的大紅剪紙和翠綠色的柏枝，

十分顯目好看，有一種過年的喜慶氣氛。

小林在家裏拜好年後，每年就要隨著父母到外婆家去拜年。一到外婆家，外婆特別開心，每次都要笑嘻嘻的泡一盅白糖青果茶給他喝。接下來是糖果、糕點、水果讓他自己拿來吃，臨走時外婆還要把小林的衣裳口袋一隻隻裝得滿滿的。同時，外婆還要買大刀、寶劍、汽車之類的玩具送給他，過年是小林最開心的日子。

那時過春節十分熱鬧，鎮上除了在廣場上演出戲文外，還有各種民間「鬧新春」的文藝活動：秧歌、高蹺、旱船、舞龍、舞獅等，咚咚響的鑼鼓聲響徹大街小巷，甚至在鄉村田頭地角也有人表演幾個小節目。城鎮農村觀看表演的人很多，到處是人流如潮，熱鬧非凡。晚上，大街上五彩繽紛的焰火騰空而起，不斷地在夜空中開放出一朵朵五顏六色的花朵。「春節」帶給小林的是吉祥如意的喜慶和除舊迎新的歡樂。

農曆正月十二是「元宵節」，也叫做「燈節」。這一年春節剛過，鎮上舉辦了一次大型迎燈會。小林剛上小學，那天傍晚各家各戶都有人拿了自家做的花燈到居委會去。小林提了一盞家裏人做的兔子燈，當他一走進居委會的大門，只見屋裏已經擠滿了人。每個人手裏都提著各式各樣的花燈，一盞盞製作得小巧玲瓏的花燈十分招人喜歡，花燈的形狀有五角星、鯉魚、兔子、和平鴿、六角形、雙圓形、扇形、宮燈等花燈。小林家糊的那盞兔子燈，燈籠中央可以點蠟燭，點亮後十分好看。迎花燈的人在居委會集中後，排隊來到大操場上。這時候，大操場上已經人山人海，小林看見有許多來自農村的花燈隊伍。其中有不少龍燈、獅子燈、翻杆燈等大型花燈，這些花燈配上優美的江南樂曲的伴奏，正在表演翻滾跳躍動作。大操場上鑼鼓喧天，燈光閃閃，天空中不時地燃放著五顏六色的煙花。

當天色漸漸地暗了下來時，小林聽見司令臺上有人大聲宣佈「迎花燈開始」。這時，浩浩蕩蕩的迎燈隊伍沿著大街由北向南緩緩行走，小林提著點亮的兔子燈跟著隊伍慢慢前進。迎燈隊伍在中途由居委會幹部負責分發蠟燭，確保一路上花燈盞盞明亮。長長的迎燈隊伍猶如一條金光四射的長龍，在大街上緩緩遊動。這天晚上，全鎮所有商店都大開店門，商店裏無數盞汽油燈和蠟燭燈光照亮了街面。大街兩旁觀看花燈的人來自城鄉各地，男女老少擠在一起，正是熱鬧非凡，全鎮沉浸在一片歡樂之中。這天在迎燈隊伍裏，配有歡快的音樂聲，還有幾臺花燈的臺閣，抬著的臺閣內有身穿彩色戲裝，扮演《紅樓夢》、《白蛇傳》、《梁山伯與祝英臺》等人物的漂亮小孩子。還有一個臺閣是用小木板製成的一幢幢漂亮的樓房模型，房屋前面有稻田、水池，沿途的幾株樹木上安裝著閃光的電燈。這十多盞模型電燈是用乾電池連接的電珠，然後用半個乒乓球做燈罩，做得十分別致漂亮。那時候鎮上和鄉村都還沒有通電，這個花燈臺閣是小鎮上的人們對美好生活的嚮往。小林看得連連拍手叫好，說過年太開心了。

小林的家鄉是一座千年古鎮，鎮上有許多名勝古蹟。小林和鎮上的人一樣，為此感到自豪。他有空閒時便在鎮上到處走走，興趣十足地去尋訪這些古蹟。

七十二條半弄

崇福鎮面積不大，有穿城三里之說。全鎮原有七十二條半弄，有名的有五桂坊弄、立總管弄、半爿弄等。

在崇德縣城鬧市區有一條很有名的里弄，名叫五桂坊。鎮上傳說五桂坊弄裏，曾經居住過一家姓莫的人家。莫家有兄弟五人，先後全都考中進士。為此，皇帝賜名「五桂坊」。

話說南宋時，有一個名叫莫琮的人因為躲避戰亂，從杭州遷居到崇德，住在崇福寺西面的一條小弄裏。莫琮生有五個兒子，每當他的兒子長大讀書之時，就要孩兒先在庭院內種上一株桂花樹。莫琮說：「桂花樹是月中之物，誰先考中進士，誰種的桂花樹就會先開花。」在莫琮的激勵之下，莫家五個兄弟全都要爭先考上進士，個個勤奮好學，苦讀四書五經。真叫「功夫不負有心人」，奇蹟果真出現，莫家五個兄弟

先後全部考中進士，這五株桂花樹也當真先後開了花。

莫家大兒子莫元忠，在宋乾道八年考中進士。曾先後任歷陽縣主簿、懷寧縣丞、義烏縣令、安州通判等職。他為官公正清廉，開倉濟貧，追捕強寇，籌資重建書院和貢院，名聲很好。

次子莫若晦，南宋紹興三十年（一一六〇）考中進士。先後擔任江東帥幕、平江通判、嚴州知府等職。他修築城牆，舉辦書院，減免百姓賦稅，鼓勵開墾閒散荒田，成績卓著。

三子莫似子，宋淳祐四年考中進士。曾擔任丹徒尉職，整肅腐吏，節省公費，成績燦然。

四子莫若拙，宋淳祐元年考中進士。曾任真州教授官職，修貢興學，美名盛傳。

五子莫子謙，宋淳熙二年考中進士。先後任安吉縣丞、吳江知縣、全州知府等職。他曾經提出「人才宜預蓄，財用宜預足，軍旅宜預練」等主張。他一生性情淡泊，樂於為善，深得好評。

莫琮一家五個兒子全都榮登進士第，在古代實屬罕見，後人稱頌莫家是「五子登科」。當時縣城官員奉旨建造「五桂坊」牌樓。莫氏的葬地在今崇福芝村莫墓村。

清乾隆年間，崇德陳萬青和陳萬全兩兄弟刻苦讀書，雙雙成才的故事，長期來被鎮上人傳為佳話。長兄陳萬青幼年聰慧過人，但家境貧苦，全靠省吃儉用才勉強能進私塾讀書。他平時穿的衣服補綴累累，夏天只有一件破舊的葛衫，回家後幾乎要天天清洗。冬天的棉襖單薄得不能禦寒，私塾裏其他同學都穿戴得鮮豔暖和，相比之下顯得十分寒酸。弟弟陳萬全七歲就寄讀在另一所私塾學習，每逢下雨天，兄弟兩人合用一把雨傘。陳萬青總是先送弟弟進私塾，然後再自己去讀書。兄弟倆每天中午不回家，自帶隔夜的冷飯，託人幫助蒸熱後一起食用。由於家中貧窮，晚上複習時點的燈很省，將一根燈草劈成兩半，只用半片燈草照明，燈光小得像綠豆大小。兄弟倆就在這樣艱苦的環境下，堅持晚上讀書至半夜才肯睡覺。每天早晨天剛亮，兩人的朗朗讀書聲便傳出屋外，為此得到左右鄰居的齊聲稱讚。

刻苦學習終有收穫，陳萬青十五歲那年一舉考中秀才。此時因家裏貧窮，無法供他繼續讀書，只得自己開私塾教學生。他靠著微薄的報酬，挑起了養家糊口的重擔。陳萬青一面在私塾裏教書，一面繼續刻苦自學功課，不久終於考中了舉人。幾年後，弟弟經過刻苦學習考中了秀才，八年後也考中了舉人。第二年，兄弟倆一道去京城趕考，結果二人都名落孫山。這時，弟兄二人已窮得連回家路費也沒有了，只得暫時在京城設館教書。後來陳萬青回到崇德後發憤圖強，刻苦學習，曾先後七次參加歲考，每科均得第一。韓城宰輔王傑到浙江視學，極為器重他。不久，陳萬青被選貢進京，送入國子監讀書，一舉登上京兆榜眼。沒多久，弟弟陳萬全也考中了侍郎，在京城做官。

陳萬青進士及第後授翰林院編修，歷任翰林院侍讀，纂修《通典》、《四庫全書》、《永樂大典》等典籍。後又先後出任順天府鄉試考官、江西鄉試主考官、山東鄉試副考官、廣東鄉試主考官，不久升任陝甘學政。陳萬青擅長詩文，喜歡作書，又精於書法。朝鮮貢使來京，必要購買陳萬青的石碑而歸。陳萬青以誠待人，禮待下人，不傲視後進，對一介布衣，只要有一技之長，一言之善，都會得到他的賞識。

鎮區內河流縱橫交錯，獨具水鄉特色。鎮上有跨在三條市河上的十多座造型各異的小石橋，構成了一道獨特的風景線。南北流向的市河上建有北橋、中橋、萬歲橋、南門橋。東西流向的二條市河上建造有平橋、縣橋、西寺橋、城隍廟橋、保安橋、宮前橋等。鎮上的小橋結構精緻，牢固美觀，每個橋都是一件難得的精品文物。其中北橋和萬歲橋比較高一點，橋面寬敞平整，可供幾十個人同時過橋。而縣橋和西寺橋小而精，又美觀實用。

市河兩旁原先建有店鋪和住房，大街上有許多店鋪臨河，朝南窗外是一條小河。河水清澈透底，能清楚地看見魚兒成群結隊在水中游動的倩影。小時候，小林很喜歡釣魚。那時的釣魚鉤是自己用繡花針經火加熱後彎成的，再找一根小竹就能做成釣魚竿。魚餌是他到自家灶間後面，廢水溝旁的泥土裏挖到的蚯蚓，然後將蚯蚓剪成小段裝在鉤子上。小林坐在靠河窗口的椅子上，把釣魚竿伸到窗外去釣魚。開始老是釣不到魚，後來慢慢的有了耐性，半天下來也能釣到幾條小魚。當小林看到魚兒剛釣出水面，在半空中不時跳動時，心情特別愉快。那情景至今仍歷歷在目，真比吃魚還要開心。

市河裏常有小划船進來，船上大都裝有甘蔗、荸薺、桃子、蘿蔔之類的水果蔬菜。你如果想要買的話，只要把錢放進小籃內，用繩子將籃子慢慢放下去。一會兒，你要的水果就會放進籃子內吊上來，十分方便。

全鎮四周原有一條環城牆而開挖的護城河，小林小時候北門護城河上的橋叫做吊橋。據說這座吊橋原先是座木板橋，可以隨時吊起來，是一種古代防盜的設施。那時，南北四城門都有大木門，入夜時城門緊閉，可以阻隔城牆內外的人進出。

城外有迎恩橋、司馬高橋、南三里橋、北三里橋等，都是又高又大的石拱橋。南來北往的帆船常常有人揹著縴繩，十分艱難地從橋墩上走過。現在全鎮尚存下一座司馬高橋，已成為當地的珍貴文物。古代的石拱橋結構巧妙奇特，據說是越走越牢固，時過千年也不會塌垮，這真是世上奇蹟，讓人敬佩不已。

小林小時候鎮上還沒有自來水，常跟隨家裏人到河埠頭去玩，看他們淘米、洗菜、汰衣裳。河中過往的船隻濺起的浪花，不經意間會打濕岸邊人們的鞋子。那時候，小林還會意外地得到幾條小魚和幾個螺螄，拿回家去玩耍，這也可以說是水鄉之樂。

京杭大運河，相傳是隋煬皇帝為了要到揚州看瓊花而開挖的。據有關記載當年隋煬帝乘坐的龍舟規模宏大，船上佈置得富麗堂皇，吃喝玩樂樣樣俱全。龍舟上除了搖櫓的以外，在岸上拉縴的就有幾十個人，那皇家的排場真是豪華萬分，著實讓大運河兩岸的老百姓史無前例地熱鬧了一番。

千年大運河從小林的家鄉流過，長年南來北往滿載貨物的船隻川流不息。小時候，小林看到在運河上搖過的船，大都是木製的船隻，有小划船、趕鴨船、赤膊船、有篷船、帆船、輪船等等。小划船船身狹窄，兩頭尖尖，中間僅可乘坐一二個人，一人或二人划槳，划船行駛的速度很快，真好比是如今有派頭的小轎車一般。趕鴨船很小，又十分靈活，船內僅可站立一個人，是養鴨人放鴨時專用的船隻。赤膊船有大有小，大的可以架起兩支大櫓搖船，用做裝運稻穀和撚河泥之用。小的赤膊船隻有一支小櫓，裝貨一般來說不足一噸重，大都是用來裝運少量的農副產品。有篷船大都是指可以乘坐客人的航船，航行時遇到颳風下雨天，船上的客人不會受涼和被雨淋濕。那時農村裏也有用赤膊船裝成的篷頭船，船上備有木製平櫃板可睡人，是農民出遠門時常用的船隻。當時帆船是運河裏常見的大貨船，船倉中間用根又粗又長的木桅杆，杆上拉起一面很大的布篷，順風時船隻行駛的速度很快，又十分省力。帆船在運河上行駛，路過石拱橋時就比較麻煩，先要拉下帆布，放倒桅杆，讓船慢慢過橋洞後，再重新豎立桅杆拉起帆布。一旦遇到逆風時，帆船先是落下帆布，然後就派人上岸去拉縴，一人或幾人拉著長長的縴繩，一步一步很吃力地向前行走。拉縴人在運河上路過石拱橋上給拉縴人行走的橋石破損時，常常要一人先上橋頂，將繫有縴繩的粗毛竹拔起，從橋的一面拉起再移到另一面放到船上，人又重新回到岸上拉縴。

裝有柴油機的輪船是一種客運機動輪船，曾經是水鄉人出門時常常乘坐的快捷交通工具。當時，崇德曾經是杭嘉湖地區水路交通的要道。輪船可以直接通航到上海、杭州、蘇州、湖州、嘉興、長安等地，縣內各個城鎮也都有輪船可乘，水上交通十分便利。後來，隨著公路的不斷延伸，快速行駛的客運汽車替代了輪船，曾經風光一時的輪船卻成了昨日黃花，時代的飛速發展，真是叫人感歎萬分。

隨著時間的推移，由於木材的緊缺，運河裏開始有了用鋼筋水泥製成的水泥船。這種水泥船製作速度快，成本較輕，缺點就是不耐碰撞，船隻碰撞破損後會很快下沉。後來，農用的水泥船上還裝上了柴油機，船隻的行駛速度便大大加快了，這種機動水泥船也曾經在農村裏風行一時。

不久前，運河裏的大拖輪開始改用鐵板製造的大噸位的船隻，這樣不僅大大增加了船隻的牢固度，而且裝運的貨物數量也隨之有了較大幅度的增加。大鐵船的出現，使得水泥船隻逐漸被淘汰掉。如今，在京杭大運河裏，裝運貨物的船隻大都是鐵質大拖輪，遠遠看去真的像是一列水上火車，大輪船後面一拖就有十多艘大鐵船。

崇福西寺古蹟

桐鄉市崇福鎮的鎮名因崇福禪寺而得名。崇福禪寺俗稱西寺，地處市中心的西寺前，是全鎮最熱鬧的地方。西寺南面有座宋代建造的小橋，橋名廣濟橋，鎮上人稱它為西寺橋。橋下清澈見底的河水緩緩流過，人站在橋上時而能見到幾條細長的小魚追逐游動。橋西有一個七八米開闊的河埠頭，整齊平坦的船埠全是用長條的花崗石砌成的。再過西就是有名的福和樓茶館店，靠南面臨河的座位十分優雅，不僅光線明亮，而且風涼氣通，在這裏邀三五好友，泡一壺龍井細茶慢慢品味聊天，真是一種難得的享受。福和樓街對面有一片單間門面的糕餅店。店內銷售的

雲片糕、芝麻餅、月餅、酥糖等糕點全都是自家店內加工生產的。這店的糕餅做工精細，質量上乘。頗受顧客青睞。西寺橋東面有一家回族同胞開設的伊斯蘭點心店，店內全天出售羊肉包子、羊肉煎餃和煎餅。回民獨特的加工技巧，製作的點心香氣撲鼻，味美可口，街上過路的行人常會被這香味四溢的羊肉煎餃所吸引，去買幾隻嘗嘗，以飽口福。西寺南面臨街的山門口有幾間平屋，屋內攤位眾多，有出售連環畫和玩具的，有賣桃子、枇杷新鮮水果的，還有在糖盤內出售碧綠的新鮮青梅外拌有雪白糖粉的糖拌梅子、糖拌雙角熟老菱、用小竹棒串起的一串五六個紫紅色糖燒熟荸薺。秋冬季節水果店裏燒一鍋本地產的山茹，隨著「熟山茹開鍋」的叫賣聲，冒著香甜熱氣的紅皮黃心熱山茹十分誘人。還有幾個拎著竹籃子賣茴香豆、南瓜籽的小商攤。悠長動聽的叫賣聲比起彼伏，煞是好聽。

舊時的西寺，一走進門便可看見金剛殿前東西兩側的兩座古樸雄偉的寶塔，塔高十二米，是八角形七層實心磚結構，塔身上塑有造型各異的菩薩，塔頂常年有鳥雀盤繞飛翔，八哥、黃鵬、麻雀的歡叫聲不絕於耳。據清光緒

《石門縣誌》記載：「東西列二塔，唐無著禪師造。」僧一峰〈重建二塔記略〉又云：「語溪崇福，其來尚矣。寺前二塔，雄偉峻拔，足以壯一方，其有關於鄉邦者甚矣！粵自吳越國王賜銅亭銀盒，盒內藏舍利、寶貝等物於西塔上。」天啟二年（一六二二）〈重修二塔記略〉云：「西塔修時，拆出烏斯藏滲金佛一尊，銀盒一座，內有淡紅色如梅豆大一顆，不識其物，銀彌勒一尊，手執珠一串，放光石一塊，珊瑚樹一枝，金剛塔一座，血書《金剛經》一卷，西門楊秀才寫。東塔修時，拆出銀龕一座，內銀佛二尊，金剛塔一座，銀盒一座，堅固子一顆，珠三顆，寶石三塊，金花一朵，雄精一塊，朱砂一塊，重十兩，玉梅花兩朵，古銅爐一座。」

微風吹來，金剛殿四角飛簷下的銅鈴，會發出清脆悅耳的叮噹聲。這兩座寶塔在上個世紀五十年代中期因塔身嚴重傾斜，危及附近的民房，兩塔頂層各拆去六七兩層，其餘塔身在一九六六年被全部拆除。鎮上傳說寶塔頂層有定風珠，等到塔頂拆下時卻沒有找到這件寶物。不久在鎮小校內展出寶塔的實物，小林在參觀時看見有不少金銀珠寶，其中有一尊一寸多高的菩薩，據說是金菩薩。同時展出的還有幾本用朱砂寫成的經書，雖經歷千百年，字跡仍清晰可辨，這使小林大飽了眼福。走過幾棵高大的銀杏樹便來到金剛殿，殿內燭火通明。檀香煙味飄逸四散，清脆響亮的銅鐘聲和木魚敲打聲夾雜著和尚喃喃的誦經聲不時從西寺內傳出。親臨此地，彷彿來到了佛教聖地。清咸豐十一年（一八六一），太平軍一把火燒毀了西寺大部分寺院，金剛殿是崇福禪寺唯一留下的寺殿。據崇福民間傳說西寺是被一個名叫陸財天的人帶頭放火燒的。

清朝咸豐年間，石門縣有個人名叫陸財天，他家租了崇福寺的寺產田三畝，每年要交租米三石六斗。碰到年成不好時，他家收起的糧食連交租米還不夠。當時，官府的苛捐雜稅很重，衙役常來催討威逼。陸財天在被逼得無可奈何的情況下，忍痛以月息三分的高利，向城裏的錢庫司借了高利貸。從此以後，陸財天好像是雪上加霜，日子越來越難過了。

陸財天雖說生活貧困，但是他從小就養成練武的習慣。每年清明節，在芝村迎水會的標杆船和拳船上，他總是一個主要角色。

咸豐二年，太平軍打到江南，建立天京政權。消息傳來，陸財天歡喜若狂。一天，他暗裏與李秀成派來的人接觸，秘密召集拳船上的窮人加緊練武，準備迎接太平軍進城。可是，這些舉動被當地的地保知道了，他們立即密告錢庫司。當天夜裏，陸財天被捕入獄，受到嚴刑拷打。陸財天被捕後不久，與其相依為命的老母親因過度擔憂和饑餓而死亡，家裏的租田也被轉租給了他人。拳船上的人將此消息告訴陸財天後，他悲痛欲絕，暗下決心要報仇雪恨。

咸豐八年秋天，陸財天趁獄中牢頭禁子監管不嚴之時，越獄逃跑。他當即潛入債主錢庫司家，很快進入內房將錢庫司殺死。此後，陸財天偷偷出城，化裝成換糖擔，一路北行前往南京方向去投靠太平軍。沒多時，陸財天成為李秀成部下的小頭目。

咸豐十年，陸財天帶領太平軍進攻石門玉灣鎮。當時，駐守東高橋砲船頭的清軍砲船，連解纜繩也來不及，用快刀割斷繩子拚命逃向縣城。清兵砲船撤退路過馬家橋時，當時橋邊正在演出羊皮戲，觀眾聞訊慌忙逃命。誰知這時太平軍的一支隊伍已經來到了眼前，人群更慌了。

第二年，太平軍又攻入石門縣城。陸財天率領部下衝鋒在前，攻破城門後，直衝到大街上西寺前。當時，他說寺僧用西寺寺產田地盤剝窮人，十分可惡。一怒之下，他便帶頭用火燒了西寺寺院。金剛殿又名天王殿，因為殿名與洪秀全天王諧音，所以保留了下來。太平軍佔領石門縣城後，陸財天在歸王府屬下任職。後來，太平軍戰敗後，歸王鄧光明叛變投敵。陸財天不願意跟隨歸王投降，獨自躲到鄉下避難。不久，他被人出賣，大義引頸就刑。

崇福禪寺始建於梁朝天監年間，當時稱為常樂寺。宋朝祥符年間改名為悟空寺。宋天禧年間皇上賜予寺額「崇福禪寺」。從此後崇福禪寺便名聲大振，遠揚海內外。千百年來崇福寺幾經歷史滄桑，人禍戰亂，曾幾經摧毀又多次復修，經受多次磨難，重又復生。

崇福禪寺是浙北名寺之一，鼎盛時期僧房殿堂林立，東至太平弄，西至五桂芳弄，北至大操場，南至大街。西寺殿閣高大崢嶸，泥塑佛像栩栩如生，四周紅牆圍繞，寺外銀杏森森，寺橋玲瓏有致，大殿內香燭通明。金剛殿北的鐵質高大巨型香鼎有蠶匾大小，常年香煙嫋嫋，香客絡繹不斷，一年四季熱鬧非凡。凡是有人過往來鎮上，必定要去崇福寺瞻仰觀光。宋朝陸竣在〈崇福寺田記〉中寫道：「崇福寺其大剎也……僧數且二百餘。」原寺有「三殿二塔」。還有「鐘樓佛閣」和「五百尊大羅漢堂」，僧房庫房，配殿經藏，一應俱全。那時，走進金剛殿看見東西兩旁塑有高大威武的四大金剛，形象凶煞可怕。殿中央朝南塑有金裝彌勒佛，朝北塑有立像韋馱菩薩。佛像肅穆超脫、莊嚴凝重又富有人情味。左邊石臺上塑有手持琵琶白色的東方持國天王和手握寶劍青色的南方增長天王。右邊大石臺上塑有紅色的手中纏繞一蜃的西方廣目天王和右手拿傘、左手持銀鼠的綠色北方多目天王。金剛殿又稱天王殿，因此在太平天國時期才得以保存。

後來西寺的僧房改為鎮上的小學。小林小時候就在這裏讀書。當時，南面校門口有一口大井。進校門有個天井，天井東面是教室，西面是食堂。北面有個禮堂，是同學們集中開會的地方。禮堂東面有個小房間，曾經開設無人商店，用以對學生進行思想道德教育。禮堂北面是教師辦公室。學校的老教室有二長排，一排是泥地，無窗戶；還有一排室內有地板，東西兩面有木板門窗，室內光線昏暗。下雨天，教室裏有幾個地方常漏雨，教學環境較差。

那時在校門外，還殘留有多塊十幾米長的寺院長方形大石柱。金剛殿後面有一隻巨型的黑色鐵香鼎尚在，香鼎的口比蠶匾還要大，鼎高有二米左右，底座是一塊約一米高圓形碩大的花崗石。

崇福寺據史料記載，寺內有「一樓二塔三閣四件寶」。

一樓是指「鐘樓」，建於元朝延祐七年（一三二〇），在金剛殿東南偶懸掛一口巨大銅鐘，鐘重萬斤，聲聞十里，現存放在杭州靈隱寺內。被稱為「元鐘」。

二塔是山門通道旁的兩個石經幢，俗稱寶塔。建於唐朝乾符年間。塔內藏有舍利珠、佛像、銅佛像和金銀珠寶等物。

三閣是指「元量壽閣」、「羅漢堂閣」和「藏經閣」。內有「三聖尊像」和「五百大羅漢」還有許多雕塑、繪畫、刺繡等古代藝術珍品。

四件寶中的第一件寶是寺內留有列代碑刻，有王厚之臨本〈蘭亭序帖〉石刻、唐朝〈無著禪師贊寧碑記〉、南宋陸竣〈崇福寺田記〉、蔡開〈崇福寺藏記〉和僧人妙寧〈崇福寺記〉碑刻等。

第二件寶是列代匾額。元朝大書法家趙孟頫書〈賴賜崇福禪寺〉、明朝嚴世藩書題〈祝延聖壽〉等。

第三件寶是寺內有一口水井，井水清澈，大旱不涸，市民受益匪淺，素有「冰清玉潔井」之美稱。

第四件寶是一口日本鐘，形似古代編鐘，有一丈多長，聲音宏亮清越，是日本國天臺寺原物，後由國人重金購得供於寺中。

崇福西寺幾經磨難。如今保存下古建築金剛殿，列為縣級文物保護單位。近年來經省市文物部門出資整修，現今容貌壯觀，古樸典雅，為後輩留下了寶貴的歷史遺產，實為慶幸。

崇德孔廟大成殿

崇德縣（現桐鄉市）崇福鎮有座孔廟，原是縣學的主要建築物。崇德孔廟始建於北宋元豐八年（一〇八五）年，起初建在縣城市河西面，元至正二十一年（一三六一）搬遷到萬歲橋河東，近年因崇德路向東延伸，孔廟大成殿又整體往南移動了數十米。現存的孔廟大成殿是清同治四年（一八六五）年重建的，有殿堂三間計三〇七平方米。屋頂為歇山式，屋頂覆蓋土平瓦。簷柱、山柱、角柱都是採用正方體花崗岩做材料。後金柱用包鑲法，前金柱及覆盆式柱礎係明代舊物。孔廟是崇德列代讀書人朝聖的殿堂，也是文人墨客遊覽觀賞之勝地。解放後，孔廟曾經改建為校舍，後來成為鎮上的一家五金廠的廠房。「文革」後工廠遷出，一九八一年被列為縣級重點文物保護單位，一九八五年孔廟得到有關部門的重視加以修繕。最近，崇福鎮政府出資，崇德孔廟正在重新修復之中。

崇德孔廟也稱為文廟，除了大成殿主體建築外，前有「文房四寶」筆、墨、紙、硯，以及石獅子、牌

坊。後有桂山等景物相配套。曾有「桂山聚秀、魁閣凌虛、文璧穿雲、芹池浴日、桃蹊簇錦、杏樹聯蔭、虹影雙飛、鯨音遠度」八景。

所謂「筆」也就是大成殿前的古建築「文璧巽塔」，該塔是明嘉靖通使呂希周所建。原有坤、離、巽三塔，清道光二十九年（一五四九）傾斜坍塌。現存的文璧巽塔是清咸豐三年（一八五三）重建，塔底用花崗岩築須彌座，塔高十八米，六面七級仿木實體樓閣式磚構建築。塔身有鐵質葫蘆式塔剎，每級有仿木磚雕式屋簷，簷下有仿木浮雕斗拱和立柱，三面開欞窗，另三面出壺門，窗門相間，壺門內有禮、樂、射等磚刻單字，這座文璧巽塔挺拔秀麗，是崇福的標誌性建築。

在荷花池西面有一座精緻的小橋——倉沐橋，這就是「墨」。原來的倉沐橋在孔廟西面，建於清代，是一座三孔平橋橫跨河上。倉沐橋於一九七〇年，崇福輪船碼頭改建時被拆毀。現改建在孔廟南面的荷花池上，是一座仿古的水泥石拱橋，式樣比較秀氣，但比原來的倉沐橋卻遜色得多了。

孔廟前的荷花池旁原有一堵寬闊的白粉黑瓦照牆，也稱為照屏，東西闊五十丈，原護有石欄石柱，周邊植有桃李楊柳等樹。照牆豎立在池邊上，猶如一張雪白的紙張，因此稱之為「紙」。該照牆因年久失修，在上個世紀五十年代已經倒塌。

所謂的「硯」是孔廟前的一個荷花池，也叫做泮池。荷花池南北三十丈，東西五十丈，曾開結並蒂蓮，古人以為吉兆，作詩曰：「泮池綠泱泱，蓮開並蒂芳。」如今的荷花池，池中養魚，水質清澈，池邊築有一座精緻的「倉沐橋」，池周植有桃樹、柳樹等花草樹木，風景十分優美。每年夏天，池中翠綠色的荷葉田田，粉紅色的蓮花十分可愛，把小池打扮得猶如一位江南美女似的，吸引著無數遊客前往觀賞遊覽。

孔廟南面現存的一對石獅子，石料光潔如鏡，做工非常精細，獅子的神態栩栩如生，是鎮上一件珍貴的文物。在上個世紀七十年代鎮上開挖市河時，這對石獅子被埋入污泥之中，後經鎮上有識之士提議後，重新挖掘出來，現保存完好。

在石獅子附近存有一座明代的牌坊——張璵功德坊，俗稱秋官坊。石坊建於明代中期，門闕由花崗石構成，頂部已毀，殘餘部位高約四米，東西寬四米，上有雙鉤陰文「明正德丁丑科張瑱」字樣。上額枋有白鶴雲紋浮雕，下額枋有獅子滾繡球浮雕，造型生動活潑，是一座價值頗高的古建築。

孔廟後面原來有座桂山，山上遍植桂花樹。山腰裏原築有「呂晚村紀念亭」，亭額分別為數學家蘇步清、古建築家陳從周所題。亭中有民國二十二年（一九三三）立的紀念碑，石碑正面刻有教育家蔡元培先生題寫的「先賢呂晚村先生紀念碑」十個大字。另外還有鮑月景所繪的晚村披髮像、馬一浮的篆額、張宗祥的跋等名家書畫。「呂晚村紀念亭」現已遷移至崇福中山公園之「呂園」內。「呂園」建在荷花池南岸，與孔廟相距不遠。

城隍廟

舊時崇德（今桐鄉市崇福鎮）市中心西寺往西，約二百米處便是當年的城隍廟，廟前的甬道又長又寬，這裏兩旁的小商販搭起各式各樣的布帳篷，形成一個熱鬧的小商品市場，各種小吃和日用小商品應有盡有。那時的城隍廟面積很大，南面甬道口臨崇德大街，北面至大操場，東面靠五桂坊弄。當年走進城隍廟大門時，最先看見的是一座造型精緻的小石橋，橋下水池內養有紅鯉魚，過橋後繞過幾棵大樹，便是幾幢排列整齊的高大的殿堂，裏面供奉著一尊尊形態各異且大小不一威嚴的菩薩。城隍廟裏一年四季人流擁擠，香火不斷。農曆十月廿三傳說是當地城隍菩薩的生日，在這前後約六七天時間，是鎮上的重大節日——城隍廟會，也可稱之為崇福鎮上的「狂歡節」。城隍廟會出會十分隆重，前面有各式彩旗和鑼鼓開道。緊接著是各種傳統的

文化體育表現，有踏高蹺、打蓮湘、耍大刀、彩蓮船、馬燈舞、提香拜香、戲劇臺閣等，跟隨隊伍的還有江南絲竹演奏的精彩表演，吹吹打打熱鬧非凡，沿途觀看者更是人山人海。廟會期間，鎮上大街上的人群擁擠不堪，人推著人慢慢行走。當時，寬闊的大操場上搭起高高的戲臺，臺上輪流演出越劇、京戲和花鼓戲等各種戲劇演出。大操場的空地上有雜耍、馬戲團、動物展覽、飛車表演、木偶戲等娛樂活動，在西寺前還有看「大洋畫」、套泥菩薩、打拳頭賣膏藥等各種民間藝人和商販前來湊熱鬧。

一年一度的廟會是崇福四鄉的農民辛辛

苦苦做了一年，難得的趕廟會休息娛樂的日子。廟會還是鎮上商家生意興隆賺錢的好機會，也是孩子們有吃有玩最快樂的時光。

崇福廟會最忙的要算到城隍廟去燒香的老太婆了。廟會前夜，也就是農曆十月廿二夜裏要去「宿山」，也就是說每一個來城隍廟燒香拜佛的老太，都要在廟裏靜坐著唸一夜經，以此表示自己的心願和虔誠。從很久的年代以來，崇福鎮上就有了家喻戶曉的「熱山茹換銅火爐」的民間傳說。

說的是在城隍廟會「宿山」那天夜裏，由於初冬季節天氣較冷，大多數的燒香老太太都帶來了取暖用的銅火爐。到半夜時分，天越來越冷了，烘手的銅火爐此時已經不熱了。這時候有個「好心人」雪中送炭，拎來了一大籃冒熱氣的熟山茹，依次分給在坐的每一位「宿山」的老太太。那些老太太捧著熱山茹連聲道謝，感激不已。接著，那個「好心人」說好事做到底，要幫她們去撬炭火。有幾個老太一聽以為真的碰上了好人，一面吃著熱山茹，一面很爽快地把銅火爐交給了那個「好心人」。結果等到她們山茹吃完了，那個「好心人」卻還沒有把銅火爐拿回來，老太太心裏急了，她們找遍了城隍廟的所有的殿堂也不見那個「好心人」。到這時，她們才恍然大悟，原來是上當受騙，被那個「好心人」用熱山茹騙走了銅火爐。這個民間傳說至今仍有一定的教育意義，它告訴我們「害人之心不可有，防人之心不可無」，要像孫悟空那樣，有一雙金睛火眼，不要被假象所迷惑，隨時提高警惕識別世上那些巧妙偽裝、花言巧語的騙子。更不能貪小失大，戳穿騙子千變萬化的低級騙術。

虎嘯寺

虎嘯寺座落在崇德縣城北面三里處，寺院建築雄偉、古樸。寺院山門口有一頂橫跨京杭大運河的石拱橋——北三里橋，橋身高大、堅實，呈半圓

形，與河水中的倒影連成優美的圓形。運河在這裏轉了一個彎，江南有名的虎嘯寺正好座落在港灣內。南來北往的船隻被寺院擋住了視線，兩船在橋下相遇時常有碰撞之事發生。

虎嘯寺規模很大，建有正殿、偏殿數間。整個寺院造型奇特，很像一隻蹲下的大老虎。從橋頂向北遠遠望去，活生生是一隻老虎的形象。一跨進寺院山門，便見清一色的青石板鋪就的大天井。走過天井才進入大雄寶殿，殿內的菩薩造型逼真，香案上燭光常明，香煙瀰漫。虎嘯寺依橋旁水，運河兩岸的香客絡繹不斷，歷年香火旺盛。

古井

在城鎮居民家中未曾安裝自來水以前的漫長歲月裏，古鎮崇福老百姓日常生活飲用的水，是以井水為主的。當時鎮上的大街小巷裏到處都有水井，可以供居民隨時隨地使用。崇福有名的水井有好幾口，其中以崇福寺內金剛

殿東側的一口水井為最有名。這口水井是崇福寺有名的四件寶物之一，可稱之為寶井。寶井的井水常年清澈，大旱不涸，市民受益匪淺，素有「冰清玉潔井」之美稱。據有關史料記載，在歷史上的大旱之年，每逢大小河濱和水井乾枯見底，鎮上市民的飲用水無處可取之時，寶井卻仍然有水可以供人提取，而且日夜取之不盡，這口寶井的水曾經救活了不知多少人的生命，真可以說是崇福鎮上的一口救命之井。其次，崇福還有一口年代久遠有名的古井，在蔣家弄與太平弄交界處的總管堂後面。此井面積很大，井口有四個高大的井眼，所以稱之謂「四眼井」。據縣誌的古代地圖所標，早在明朝以前已經有這口「四眼井」了。「四眼井」的石井欄兩個高兩個低，可供四個人同時取水。在上個世紀五十年代，兩個低石井欄被人用石板和水泥封住，只剩下了兩個井眼。到上個世紀末，崇福舊城蔣家弄拆建時，「四眼井」原有的井欄全部被拆除，這口古井由於鎮上居民的建議而被保存下來了。現存的「四眼井」井蓋，是用四塊直徑一尺左右的圓形鐵板製成，打開井蓋如今仍舊可以提取井水。鎮上另一口古井在鬧市區縣前，這口水井最深，來這口水井取水的人也最多。在大旱天水位下降時，用二根繩子連起來仍舊可以吊到井水。上個世紀五十年代，在崇德縣中食堂前新開挖了一口井。井口裝有木質手動打水機，由在校學生輪流打水，供應全校師生的生活用水。該水井後來改用馬達抽水，效率大大提高了。當時，鎮上有不少居民家中都有供自家使用的水井。記得太平弄裏有戶人家的水井造在室內，可避風雨落雪，真是別出心裁的傑作，為水井之一大奇觀。

古時的崇福鎮上，由於居民有飲用井水的習慣，也就產生了以挑井水為生的這一行當。挑水者大都是身強力壯的漢子，他們每天一清早就穿東家進西家，把清潔透明的井水送進一家一戶，然後收取幾個小錢。鎮上人十分尊敬擔水人，稱呼他們為「挑水大伯」。挑水大伯擔水的桶是木質的，比較低矮，擔桶內外光滑呈暗暗的青色。每隻水桶內繫有一小塊長方形的木板。這樣，井水打滿後，用扁擔鐵鉤挑起水桶，即使腳步走快一點，桶內的水也不會濺到外面。

打井水有技巧，初打水者很難把水提上來。一般打水的方法是在提桶邊繫一塊鐵秤砣之類的重物，這樣，水桶慢慢放入井內後，會自動傾斜進水，然後將井水提起來。

井水清潔衛生，還含有多種礦物質，是理想的飲用水。井水還有一大特點是冬暖夏涼，夏天用井水洗澡十分涼快，冬天用井水洗衣洗菜一點也不冷。小林家院子裏原先也有一口小井，井水常年保持恒溫。夏天家裏有剩餘的飯菜，就放在水桶內，然後吊在水井的水面上，這樣飯菜就不會變質，真可算是一臺原始自然的冰箱。

小林的家鄉是有名的江南古鎮，千百年來鎮上流傳著許多民間傳說。小林最喜歡這些傳說故事，一有空就圍著家裏人，饒有興趣地聽他們講故事。

重見天日的傳說

據鎮上的老人回憶，民國時期，在崇德縣晚村小學的紀念廳上，懸掛著一塊白底黑字的大匾額，上面書寫「重見天日」四個楷體大字。重見天日這四個字有什麼涵義，這裏流傳著這樣的一個傳說。

明末清初，在崇福鎮上出了一個名叫呂留良的人。這人從小就很聰明，八歲能做文章，十三歲那年就參加鎮上的文學團體徵書社活動。後來先後寫出了幾十部著作。呂留良為人正直，民族氣節很強，一直來不滿清皇朝的統治。他拒絕參加科舉考試，也不願意做清朝的官。晚年，呂留良居住到城外南陽村隱居起來。這事被石門縣知縣知道後，推薦他去參加「山林隱逸」選拔。呂留良卻偷偷削掉了頭髮，躲避到吳興妙山去，謊說出家做和尚。不久，呂留良因過度憂愁和勞累，患病而死。

在呂留良的大量遺作中，常常流露出對清朝的不滿情緒。在他臨終之前，用絲巾書寫了「重見天日」四個大字交給家人，並關照在他死後放入棺材內。

呂留良逝世四十六年後，當時的雍正皇帝大興「文字獄」。京城在查處曾靜一案時，發現案情與呂留良有牽累。立即派人到崇福查抄呂家，搜尋罪證。清兵查抄時找到了呂留良的一首描寫自然景物的詩，詩中寫有「清風雖細難吹我，明月何嘗不照人」之句。京城派來的官員一看，認為這是反清復明的詩句，有企圖造反之心。按照當時的皇法，要殺頭滅族。那時，呂留良和他的兒子呂葆中早已去世。皇帝傳下聖旨，命令地方官開棺戮屍。石門知縣接到聖旨後，立即叫土工到洲泉識村東長板橋，挖掘呂留良父子墳墓。當土工劈開呂留良棺材時，屍體上蓋有一塊絲巾，上面寫有「重見天日」四個大字。知縣走近一看，只見呂留良屍體未爛，心中好生奇怪。而在場圍觀的百姓竊竊私語，都說這是呂留良冤魂不散的緣故。

呂留良父子慘遭戮屍後，呂家家族、親戚、朋友、學生，甚至連收藏呂留良書籍的人也受到了牽連。其中有不少人被殺頭或充軍到黑龍江。據民間傳說當時呂府逃出一個孫女呂四娘，她以做尼姑為掩護，拜師學武，練得一身武功。後來呂四娘混進宮殿刺殺雍正，為呂家報仇雪恨。

關於「重見天日」的傳說，在有關的書籍中沒有記載，這事是真是假難以分辨。民間傳說呂留良在臨終前用絲巾書寫「重見天日」，吩咐家人在他

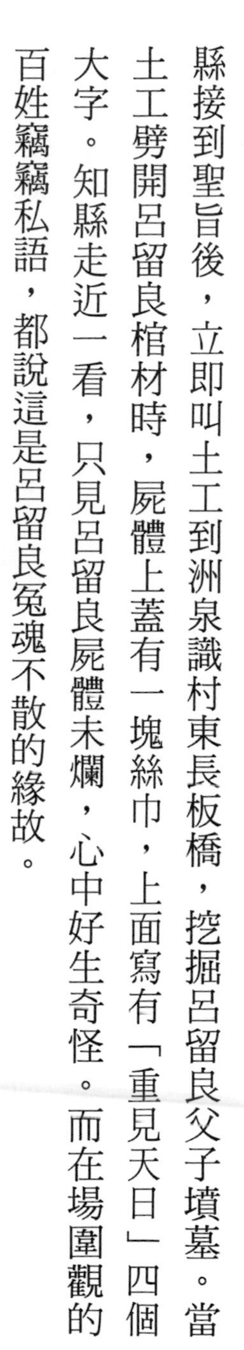

死後放入棺材中。從這事可以知曉呂留良有先見之明，由於他一直反抗清皇朝的統治，在著書立說中，以及與朋友交往中，處處流露出反清復明的思想觀點，因而能預見到清皇朝必將對他懲處。同時從傳說中，也表達了家鄉百姓對呂留良反清復明思想的贊同和崇敬之意。

留良東莊角的傳說

在崇福鎮留良新田村南端，有個村坊叫做東莊角。東莊角原是呂留良曾經隱居過的地方，所以這個小村在清初時，是浙江很有名的一個地方。清康熙年間，呂留良因為不滿清朝的統治，隱居在這個村裏和朋友一起著書立說，傳播學問。呂留良很喜歡住在這個幽靜的地方，他把這個偏僻小村稱之為呂家東莊。當時，浙江有名的讀書人，把東莊看做是那時的世外桃源。在這裏文人之間可以自由談天說地，議論國家大事，研討交流學術論文。當時來東莊的常客有餘姚的黃宗羲、海鹽的何商隱、桐鄉的張楊園等。有一

年，海寧的讀書人查漢園，聞名到東莊來拜訪主人。呂留良和他談了自己的看法，他講到明皇朝滅亡是我們讀書人的恥辱，自己不願意到清朝庭做官。查漢園受到他的影響，從此後，不再去參加清朝的科舉考試，也不願去做官。過了幾年以後，呂留良因為過度憂愁而生病，不久便告別了人世。

在呂留良逝世四十多年後，呂家受到雍正皇朝「文字獄」的迫害，全家被殺頭、充軍無數。同時還抄沒了全部家產，連東莊村裏的土地房屋也折賣歸公。當時的知縣出告示，這個村坊不准再叫呂家東莊。可是，附近的村民只是把「呂家」二字刪去，把東莊稱為地名。知縣為此十分懊惱，派差役下去抓了數人，還以從逆造反為名判了他們刑。不久，村民們在「東莊」後面加了一個「角」，稱之為「東莊角」，意思是說要替呂留良留下一隻日後能夠翻身之角，希望他總有出頭之日。當時，地保又去縣衙門告發。知縣因為一時抓不到錯頭，無法更改村名也就作罷。所以，東莊角的地名一直沿用至今。

從這個傳說中，可以看出家鄉人對呂留良的尊敬和熱愛。他們寧可冒著被清皇朝逮捕殺頭的危險，仍想方設法將呂氏東莊的地名保存下來，其精神十分可貴。

呂留良賑災濟貧

呂留良是明末清初的思想家和著名學者，曾受清雍正皇帝「文字獄」殘酷迫害而聞名全國。呂留良（一六二九－一六八三），字莊生，又字用晦，號晚村，別號恥齋老人，南陽村白衣人。他博學多才，凡天文、讖緯、樂律、兵法、星卜、算術、靈蘭、丹經、梵志無不通曉。呂留良一生著作頗豐，著有《晚村文集》、《東莊吟稿》、《呂氏評醫貫》等書。他晚年曾經兩次拒絕清朝庭「博學鴻詞」和「山林隱逸」之薦，誓不為清朝庭效力。

清朝康熙九年（一六七〇），江南一帶鬧水災。據有關資料記載：「大雨連通月，田盡淹，漂廬舍。」「江南大水，石門等縣城成災區。庚戌六月，江南大水……」當時的石門縣（今桐鄉市崇福片）農村一片汪洋。大水沖塌了無數間房屋，淹沒了成千上萬畝農田。這年秋天稻穀顆粒未收，鄉村裏到處饑荒。秋末冬初時，農村各家米囤內的糧食所剩無幾，饑餓的災民流浪四方，剝樹皮，挖草根充饑。大批災民為了活命，紛紛擁進縣衙請求救濟，天天圍著縣衙門大吵大鬧。縣官無奈只好被迫在大街上施粥，饑民們聞訊後蜂擁而來。由於饑民眾多，每天施粥的數量很少，因此秩序極差，大街上一片混亂。每當衙門施粥時，年輕力壯舉止橫蠻的人往往能搶到四五碗，而那些年老體弱的人，等了半天也吃不到半碗粥，村頭巷尾餓死的災民與日俱增。

當時，家居崇福，祖輩世代為官的呂留良看到後心裏很急。呂家那時雖說家境也日漸衰落，但還總算是戶富裕人家。呂留良找了一家徐姓的親戚商量，盡力去說服鎮上的富戶捐獻糧食救濟災民。經他多次上門遊說，富戶們紛紛開倉捐米。呂留良帶頭把自己家裏多餘的糧食捐獻出來，與此同時，他還上書知縣，提議把施粥改為分米。他提出凡屬本縣災民，每人每日發放救濟米三合，直到明年小麥收起時為止。呂留良的提議被縣官所採納後，救濟糧很快分發到了各個鄉村。從此，四鄉的災民人人能得到一份活命的口糧，餓死的人大為減少。

呂留良家雖說是鎮上的望族，可是到他這一代已是空有虛名，家裏的積蓄早已花空。呂留良自己的日常生活開支也要靠著賣書賣畫來維持，儘管如此，一旦碰到朋友或親戚家經濟困難時，他總是慷慨解囊，及時給予接濟。那時候，呂留良有個家住桐鄉城的遠房親戚朱聲始，家中已一貧如洗，四季衣著破舊，過著饑寒交迫的生活。呂留良得知此情況後，便派人多次把自己賣書畫所得的錢送給他，朱聲始得到銀兩後，千恩萬謝感動得熱淚盈眶。

從這個傳說中可以看出崇福鎮上百姓用故事形式讚揚呂留良扶貧幫困的精神，這種精神在封建時代尤為可貴。一方有難，百方支援是中華民族優良傳統，呂留良在家鄉遭受災難時，能做到棄小家顧大家；在朋友有難時，能盡力而為，其精神十分可貴，值得發揚光大。

呂府梳妝石的傳說

崇德城隍廟後面原來有一塊奇石，高約一丈多，整塊奇石玲瓏秀美非同一般，上面佈滿了無數大小不一的洞孔。據鄉史資料記載此石名曰：「梅花石」，俗稱「梳妝石」。關於這塊梅花石的來歷，當地還流傳著一個有趣的故事。

相傳明萬曆年間，崇德縣城有戶姓呂的望族人家，生了一個小孩名叫呂熯。呂熯的祖父呂淇是明朝的一名錦衣武略將軍，他的父親呂相在江西鄱陽縣任「主簿」小官。呂熯從小勤奮好學，才華出眾，幼年便能作文吟詩。同時他的長相俊美，又活潑可愛，深得一家人寵愛。呂熯一直隨父親住在鄱陽縣城裏。

故事就發生在呂熯十三歲那年春天，有一天春光明媚，百花爭豔，暖風吹拂，鳥兒歡鳴。少年呂熯被這大好春光所吸引，自己動手糊了一隻蝴蝶風箏，上面還寫上了自己的名字，然後一蹦一跳地到城外空地上去試放。呂熿看準風向後，隨手一放，風箏像一隻美麗的蝴蝶，搖動翅膀飛向藍天。風箏隨風飛舞，越飛越高，他拉著綁緊的棉線，心裏高興極了。過了不久，忽然一陣大風吹來，放風箏的棉線越來越緊，一霎間手上感覺一輕，線斷了，風箏被吹到了很遠的地方。這下呂熿呆了，朝著藍色的天空看了好久。

出人意料的是這隻斷線風箏惹了一場大禍。原來是呂熿的斷線風箏，隨風吹到了皇上分封的淮莊王府的後花園裏。事情正巧，當時王爺正在這裏大擺酒席，宴請賓客。王爺這時正吃得酩酊大醉，忽然一隻風箏從天而降，正好落在面前，猛的把他嚇了一大跳。這時，王爺大怒，命人捉拿放風箏的人。呂相聽到這個消息後，心裏十分震驚，知道淮莊王府勢力很大，不敢隱瞞不報。他當即捆綁了兒子，親自送往王府來請罪。

呂相來到淮莊王府，王爺正在氣頭上，想要發作一番。王爺猛敲一記桌子，酒醒了不少，定神一看被捆綁來的是一個英俊少年，眉清目秀。王爺內心起了愛慕之情，頓時怒氣全消，忙叫人鬆綁。當時，王爺詢問了他的年齡出身和家庭情況，從交談中得知少年口才學識俱佳。當即將少年留下，準備招為女婿。同時王爺向在場賓客宣佈，要將呂熯留在府中攻讀詩書，又特許他可以自由進出王府。幾年後，呂熯被淮莊王府招為「郡馬」，授爵為「儀賓」。

呂熯因禍得福，他被招入王府後過著榮華富貴的生活。呂熯雖然生活得很富足，但是卻像關在鳥籠內一樣，心中很苦悶，為此他常常想念家中的父母。他在王府過了幾年後，得知父親不幸去世，心裏悲痛萬分，痛哭流涕。一天，呂熯對妻子說：「《詩經》中說，生我者父，養我者母。我怎能只顧自己貪圖榮華富貴，而忘了家中的父母親。」又說；「不久前父親已過世，我沒有盡孝，如今母親健在，我想回家去侍奉老母親。」妻子聽後十分感動，便去稟報父王，要求辭退「歲祿」，准許他倆到崇德去孝敬呂熯的母親。父王很快奏報皇上，皇上一聽很高興，稱讚呂熯有孝心，特許呂熯夫婦回崇德。

呂熯回到崇德後，在家中的友芳園內「五柳莊」和「大雅山居」旁植樹種竹，美化環境。另外，他還建造了一座大廳房。取命「許歸堂」，是皇帝特許他歸來的意思。在這明朝二百多年的歷史中，招為「郡馬」後，攜帶（妻子）郡主回家鄉的僅有他一個人。

當年，在淮莊王贈送給女兒的禮物中，有一塊奇石就是梅花石。梅花石原放在郡主的梳妝房旁邊，為此有人稱此石為梳妝石。後來，呂熯過世後葬在縣城南面的東官村，墓前放置石人、石馬、石獸。其中遺存的石馬和石獸，現在已移到崇福中山公園的呂園內，供後人觀賞。據史料記載，呂熯就是明末清初著名學者呂留良的祖父。

這是講述呂留良的祖父不貪圖榮華富貴的生活享受，毅然決然回家鄉孝敬母親的傳說故事。孝敬父母是中華民族的傳統美德，呂熯放棄個人安逸富裕皇室生活，情願過平民百姓與家人團圓生活的精神值得稱讚。

呂氏遺蹟

呂留良（一六二九－一六八三），號晚村，浙江省崇德縣（今桐鄉崇福）人。原籍河南，宋南渡時，他的祖先呂繼祖任崇德尉，因被金兵所阻，不能回到原籍，就定居於崇德。

呂繼祖傳至十世，即為呂留良的高祖呂淇，曾任明朝錦衣武略將軍。他的兒子呂相，為晚村曾祖，官沔陽別駕。呂相幼子呂熯，娶江西城南郡主，任淮府儀賓，為明王室宗親，經皇帝特許回崇德居住。呂熯的長子元學，是呂留良的父親，官繁昌縣令。

呂留良是我國明清時期一位傑出的思想家和活動家，在哲學、文學、史學、醫學、書法等方面，都有深湛造詣的著名學者。呂留良死後因遭受清皇朝「文字獄」的迫害，全家分別慘遭戮屍、斬首、流放。同時被抄籍所有家產，焚毀一切著作。從此後，呂家成了「逆犯」，在家鄉不僅沒有留下後代，而且連呂氏遺蹟也蕩然無存。直至一九一一年，辛亥革命勝利後，呂氏的家鄉——崇德縣有關人士才提議修建呂留良紀念祠亭。歷史又經過近百年的風風雨雨，時今在呂留良的家鄉崇福鎮上，呂氏遺蹟已所存無幾。

呂氏家廟遺址

解放初，呂氏的家廟——東嶽廟，還遺留下一些破舊的廟宇房屋。據史料記載，東嶽廟最早建造在崇德縣衙東南一百步，明嘉靖年間因為一場大火燒毀了廟宇。後來改建於城隍廟前市河旁，明萬曆中期遷移到演武場（大操場）北面（今桐鄉二中所在地）。當時身為明朝王室宗親的呂熯回鄉後，將東嶽廟圈入呂家園內，成為一座家廟。廟裏原有元帝像一尊，因此又叫做真武廟。清咸豐十一年（一八六一）被毀，光緒元年（一八七五）重修。廟宇殿左面原有包拯神像，殿右面有朱天君像。東嶽廟西面建有「五猖殿」，如今在桐鄉市博物館裏還存有「重修東嶽廟崇聖宮碑記」石碑一塊。抗戰期間，東嶽廟被日軍佔領，文物古蹟破壞十分嚴重。

後來，東嶽廟已經改建為學校，起初取名崇德初中，後更名為崇德縣中。當時縣中的校門，仍舊沿用原來的廟門，有兩扇厚重的木板大門，進門後還有一扇板門，兩旁還有兩扇木柵矮門。木柵門東面是學校傳達室，西面是體育用品室。進門後有一個寬敞的大天井，中間鋪有整齊的石板，兩旁植有花草樹木，其中一棵造型別致彎曲多姿的古柏已高過屋簷，這裏的環境十分優美。左右兩邊各有幾間廂房，左面有化學和物理實驗室，背面有幾間教師寢室。右面有校醫務室和總務室。走過天井是一個大禮堂，大禮堂原是東嶽廟的主體建築，古老的廟宇高大寬敞，室內的木柱粗大滾圓，根根筆直挺拔。禮堂左面搭有一個講臺，上面掛有畫像。大禮堂可容納五六百人坐著聽講，這裏是全校師生經常集會的地方。禮堂後面有幾間平屋，四周裝有明亮的玻璃窗，這是學校的圖書館兼閱覽室。從這裏過西有一幢兩層樓的小樓房，樓房北面是一個小巧精緻的荷花池，每年夏天粉紅色的荷花開滿水池，環境十分優美。荷花池北面是一堵城牆。城牆腳下是學校的小操場，那時有兩個籃球場，還有跳高、跳遠的沙坑、雙槓單槓、爬竿、木晃板等體育活動設置。在禮堂西面有一排平屋，是教師辦公室。再過西有幾間寬敞的屋子，那是用做師生用膳的餐廳。當時學生用餐是八人一桌，每餐只有一砂鍋小菜，小菜大都是青菜蘿蔔，由學生輪流分菜。吃飯時沒有凳子，大家站著吃。餐廳前是一塊大空地，附近有個伙房間。禮堂東面有兩間新建的平屋用做教室，教室前面有一塊植物試驗園地，在這裏曾經試種過新品種浙大蘿蔔。東北角還有新建造的一排整齊的曲尺型教室，全都是平屋。

校裏到處種有高大的樹木和開著各種顏色鮮豔的花草，金秋時節校園南面的一株柿子樹上結滿了火紅的柿子，遠遠望去好像是掛滿了一隻隻小小的紅燈籠。校園裏還有幾株高大的桂花樹，等到金秋十月桂花盛開時，那香味濃烈芳香，飄滿全校各個教室場館，真的是香氣醉人，令人難以忘懷。小林曾經有幸在這裏上中學，當時的讀書環境清新幽靜，學習氣氛也十分濃厚。

那時在學校大門口有幾棵八九米高、樹粗要二三人才能圍抱的銀杏樹，每年秋季樹上結滿了渾圓的銀杏果子，一派豐收的景象。學校門前還有一個長滿青草，十分寬敞的大操場。操場南面有一個很大的足球場，西面有籃球場。操場東西兩旁各有一座土山，高約十多米，這裏是一個兒童樂園，春天可上山放自已糊的風箏，夏天能用蜘蛛網粘住知了，秋天又能捉到蛐子、叫蟈蟈，冬天可爬在土山上聽小鳥歌唱，真是其樂融融。

友芳園遺蹟考

小林小時候曾經看見在操場西面城隍廟夫人殿後面，有一塊三米多高，秀美繁孔婀娜多姿的奇石——梅花石，梅花石原放置在一座四周雕刻花紋的方形石臺上。後來才知道，原來這是一件呂氏友芳園的遺物。清代詩人吳曹麟在〈語溪棹歌〉詩中寫到：

金谷平泉幾野邱，友芳園裏動人愁。
多情一片梅花石，大雅堂前萬古留。

據說這塊珍貴的梅花石是呂留良的祖母城南郡主，即明朝淮莊王的女兒，隨郡馬回崇德時帶來的其中一件禮品。梅花石原來的位置在城南郡主的梳妝房外面，所以此石又稱為「梳妝石」。按明朝宗室規定，郡主是不准隨郡馬回夫家的。呂熯是因為皇帝特別開恩，准許他孝順母親，下旨特准他回鄉侍母的。「明朝興二百年，也只此一家」。呂熯為了感謝聖上恩典，特地在友芳園內大興土木，建造「許歸堂」。

光緒《石門縣誌》記載：「友芳園，明大令呂炯所居，在西門內，又有別墅曰：五柳莊大雅山居，以及長林亭諸勝。」還記有：「許歸堂，明呂熯尚南城郡主，乞歸偕養，詔許之，歸而築堂，顏曰：許歸。」當時的友芳園內有河流小山，長林奇石，圍沿十多畝，其規模可謂大也。呂熯將東嶽廟圈入園內後，又把元代留下的

「七星池」開挖重修，將南面的「秋水潭」挖深，在附近大興土木建造「許歸堂」廳房。當年小林在崇德縣中讀書時，學校西南面有幾個形狀各異的水池，最北面的一個池塘在城牆腳邊，池塘周圍種有樹木，池邊雜草叢生。池塘內有不少小魚小蝦和青蛙，那時在星期天，小林常去池塘邊釣魚，用自製的紗布小勺捉毛毛魚，玩得十分開心。到後來小林才知道這幾個被廢棄的水池，原來就是呂留良家遺留的「七星池」遺蹟，可惜過了不久，就被人填平建造房屋了。

友芳園內除了建有「許歸堂」外，還有一座「天蓋樓」。呂留良在〈答潘美岩書〉中寫到：「所謂天蓋樓者，乃舊園屋名。」詩人陳錦雯在一首〈許歸堂〉詩中寫到：「禁臠無煩詠四愁，簫聲同引下秦樓，北堂萱草沾恩澤，分得天潢雨露稠。」清光緒年間邑人徐福謙撰寫的《語溪十二景》之一〈潭水秋澄〉曰：「寒潭近接七星旁，舊園荒涼說友芳，秋水一泓長寂寂，樓臺無影入池塘。」由此可見，早在清朝光緒年間，友芳園已經是一片荒涼了，當年尚存一些山、水、石諸物，可惜到近代，連這些遺物已難以尋覓了。《石門縣誌》把友芳園的地址記在「西門內」，崇福西門朱家門過去叫做朱家墳頭。朱家門東南有城隍廟，東面有東嶽廟，北面有七星池和城牆，城隍廟夫人殿後有梅花石。由此年來，友芳園的故地應該在西至朱家門，東至大操場大部分，北至桐鄉二中，南至原城隍廟舊址。

呂留良出生地

呂留良出生在崇德，具體地點史料沒有詳細記載。以前有人誤認為他出身在崇德城外的東莊，因他自己曾號「莊生」。呂留良在〈賣藝文〉中寫到：「東莊有貧友四，為四明鷓鴣黃二晦、檇李麗山農黃複仲、桐鄉殳山朱聲始、明州鼓峰高旦中……」其實這是他借「東莊」名以稱呼自己之始。呂留良的長子葆中在〈呂晚村先生行略〉一文中寫到「生先君於登仙坊之里第」，兒子寫父親的〈行略〉，應該是可信的。呂公忠（葆中）在康熙十九年（一六八〇）入泮，後來在康熙四十五年（一七〇六）考中一甲二名進士

（榜眼）。由此看來，呂留良出生地應該是在登仙坊。

據《石門縣誌・鄉里》記載「縣城有十一坊，五巷」，其中記有「登仙巷（坊）」。「縣城」即今崇福鎮。據實地查考「登仙坊」的舊址就在「西橫街、廟弄、宮前路」一帶。崇福橫街有東西之分，以半爿弄分界，弄東為東橫街，弄西為西橫街。東橫街舊時稱為「水德坊」，靠市河邊的淌弄口原有一座「總管堂」，建在水德樓的遺址上。樓前曾經種有一株大樹，立有石碑，上書「萬古長青」四個大字。西橫街又稱「登仙坊」，西面與廟弄相鄰，南面有宮前河。

呂留良的祖居在朱家門東面的友芳園，出生地在橫街的登仙坊，由於沒有史料記載，至於具體在登仙坊的哪一座房屋就很難確定。呂留良的祖父生二個兒子，長子元學，官繁昌縣令。次子元肇，例貢生。元學是呂留良的親生父親。呂留良三歲時又承繼給「老大房」呂煥的兒子元啟為繼子。按照當時崇德的傳統習慣，呂煥作為長子應該居住在橫街登仙坊的老屋。呂留良在〈書與四房侄〉中寫到：「初聞橫街火燒，甚為爾憂，今知焚店屋八間，何

以堪此……」〈廿八日付公忠書〉中說：「高五伯（旦中）往海昌，待其歸需初二三方能到縣，漕贈等項，秉鶴稟云甚急，可令其預支間壁王家屋租，或弄內（廟弄）房租應用。」由此可見，呂留良的部分族人和自己居住的房屋，應該是座落在登仙坊的西橫街和廟弄一帶。

梅花閣前奇石

解放初，在崇德城隍廟夫人殿後的荒地上，孤零零的留有一塊一丈多高鏤空的大石頭，石頭下方還有一個高高的方形雕花石臺。當地人叫它「梳妝石」，其實它的正式名字叫「梅花石」。相傳呂留良的祖父呂熯招郡馬回鄉時，淮莊王為了減輕女兒郡主在崇德思念父王之情，特賜給奇石一塊，囑女「見石如見父親」。郡主將奇石放置在自己的梳妝房前面，每天一起床就可以看到這塊奇石。清光緒年間，邑人畫家沈伯雲曾經為該石繪畫，同時還作詩一首：「一角荒涼地，名園溯友芳，片雲飛不起，曾待壽陽妝。」後來，詩人朱家濟題詩曰：「與梅兩清絕，分攜意若何，此意無人會，和苔眠綠莎。」從這首詩中可以看出石頭與梅花的關係所在，同時那座有名的「梅花閣」，也就找到了確切的位置。「梅花閣」就在友芳園內，這裏是呂留良會友和教書的主要之地。呂留良曾在「梅花閣」教子侄和友人之子讀書，此時他還著有《梅花閣齋規》一書。康熙二年（一六三三）浙東抗清志士黃宗羲應呂留良之邀來「梅花閣」教書。友人吳孟舉、吳自牧等人也經常在此雅聚，同時還寫下了不少有名的詩篇。吳孟舉的《集飲水生草堂》、黃宗羲的《梅花閣遷水生草堂次韻詩》，全都是在這裏寫成的。

在呂留良的大量著作中，曾多次寫到「梅花閣」和「水生草堂」。「閣」是專為子侄讀書之處，而「堂」則是好友詩酒唱和之地。吳孟舉在〈集飲水生草堂分韻詩〉中有「傍水軒窗逐處開」之句，說水生草堂是與水連在一起的。黃太沖在〈水生草堂次韻詩〉中說「水閣鐘聲嘗數點」，在〈集水生草堂分得陽字詩〉中有「水痕猶記舊池塘」，說明「草堂」是建築在與舊池塘有關的地方。友芳園裏的舊池塘有「七星池」和「秋水潭」兩處，都與梅花閣近在咫尺。水生草堂早在清朝後期，已經沒有留下一點遺蹟，但梅花石卻一直保存到二十世紀六十年代，後來因為有人建造住房而被毀掉。綜上所述，「梅花閣」和「水生草堂」的確切位置，應該是在原城隍廟的北面。

呂純陽

從前，有個七八歲的小孩，每天拿著小銅鑼，在門口一面敲，一面喊：「當當當，出門碰著個呂純陽。當當當，出門碰著個呂純陽……」

有一天，呂純陽正好路過這裏，見那小孩一面敲一面喊，覺得很奇怪，走上前去問道：「小孩子，你為啥這樣喊？」小孩回答說：「是媽媽叫我喊的。」呂純陽又問：「你說說看，呂純陽好不好？」「好，好，呂純陽是個仙家，還會看病。」呂純陽聽了高興地笑著點了點頭，接著問道：「你要不要吃糖？」小孩說：「我要吃糖，媽媽不給我銅板。」呂純陽說：「你把手伸出來。」小孩把手伸出來，只聽見啪一記，呂純陽在他的手上敲了一下，說：「你每天在手上敲一記，挖出一個銅板去買糖吃。」

一天，他媽媽見兒子在吃糖，問道：「你這糖哪裏來的？」「買來的。」小孩神氣地說。媽媽又問他買糖的錢是哪裏來的。那小孩說是一個頭戴道士帽，身揹藥葫蘆的人，教了他一個辦法。媽媽聽了以後，臉上露出了笑容，快活地說：「好，運氣來哉，一定碰著呂純陽了！」她叫獨生兒子將手伸出來，用力敲一記，手心內果然跳出一個銅板，再敲一記，又跳出一個銅板。她一連敲了十來記，

小孩的手心裏便跳出十來個銅板，她高興得手舞足蹈。可是，小孩的手心已被挖得紅紅的，哭著直喊：「媽，我手痛。」「乖孩子，不要哭，媽媽等會去買糖給你吃。」孩子的媽媽仍舊在挖呀，挖呀。當她挖出兩袋銅板，還想再挖時，孩子的臉色發白，兩眼發直。不一會，便倒在地上死了。

這時，死要銅板的媽媽才急了，連忙去找郎中。找呀找，她一連請了三個郎中，都說無法救活了。後來突然從門外闖進來一個自稱郎中的人。孩子媽急得團團轉，見有郎中主動上門，便請他給獨生子醫治，那人不慌不忙地蹲下身去，輕輕地在小孩臉上吹一口氣，一會兒，那小孩便慢慢地醒過來了。這時候，小孩子的媽媽真是又驚又喜，忙跪在郎中面前磕頭，千恩萬謝，把兩口袋銅板一個不留地全部給了郎中先生。那郎中接過銅板，便哈哈大笑拂袖而去。

那位郎中走出門不久，小孩子坐起身來對媽媽說，剛才給我治病的郎中，就是那天在他手心裏敲一記的那個人。媽媽聽後，急忙追到門外，可是呂純陽已經不見了。從此，小孩子手裏再也挖不出銅板了。

西施過崇德

古代美女西施在赴吳國途中，曾經在崇德境內留下了不少遺蹟和傳說。據唐陸廣微的《吳地記》記述：「勾踐令范蠡取西施以獻夫差。西施於路與范蠡私通，三年始達吳，遂生一子，至此亭。其子一歲能語，因名語兒亭。」書中說越王勾踐命令范蠡把美女西施獻給吳王夫差。半路上西施與范蠡彼此相愛，過三年後方才到達吳王那裏。西施在途中的亭子裏生下了一個小孩，那個孩兒一歲時已能說話，後人把這個亭子叫做語兒亭。

據《文獻通考》記載：「崇德，晉有語兒亭。」史料記載崇德在二千多年前稱為語兒，後改稱為語溪。崇福鎮是舊時崇德縣城所在地，當地有許多關於西施的古蹟和傳說。崇福北門外迎恩橋過東約百米處，即茅橋埭東端城鄉交界處，舊時有座歌舞廟。歌舞廟大殿前有戲臺，大殿後有觀音殿，據傳這是西施去吳國前，練習歌舞的地方。唐朝詩人徐凝在〈語兒見新月〉詩中寫道：「幾處天邊見新月，經過草市憶西施。娟娟水宿初三夜，曾伴愁娥到語兒。」

今桐鄉市崇福鎮過西三里處，舊時有座何律王廟，俗稱何城廟，如今屬崇福鎮星火村所在地。明代成化年間刻製的〈何城廟碑記〉載：「語溪乃吳越交爭之地。吳之禦越嘗用何王宅基以築斯城，故曰何城。西南鑿河隍以遏其衝，東北築將臺以勵其眾。」何城原來築有城牆，將臺前開挖河道，是一座吳越古戰場上的要塞。明正德年間編印的《崇德縣誌》記載：「吳築晏、何、萱、管四城防越。」晏城在崇福鎮東二十五里處，舊時建有晏城廟，今屬南日鎮晏城村所在地。萱城在崇福東南三十里處，現已無跡可循。管城在崇福鎮南七裏處，舊時有座管城廟，今屬海寧市辛江鄉管城村所在地。

距離崇福鎮北面十八里處是石門鎮。元代《嘉禾誌》記載：「越王壘石為門，以為界限之所。」石門以北屬吳國，至南是越國。有關資料記載吳王伐越時，屯兵結寨在今石門鎮草內寨所在地。

崇福鎮城區東北郊是有名的吳越古戰場，稱之謂西草蕩，俗稱天花蕩，今屬同福鄉新農村所在地。西草蕩過東不遠處的鳳鳴街道路家園村有個紀目坡。明正德《崇德縣誌》記有：「吳王夫差募兵五千，牧養於此。名曰紀目者，立紀綱而有條目也。」「在紀目坡西北七里，亦以駐兵得名，俗訛為牛墩。」清代吳曹麟在〈語溪棹歌〉中稱道：「遊屯涇上草萋萋，紀目坡邊一色齊，周帳當年曾放牧，漁舟唱過蕩東西。」生動形象地描繪出紀目坡一帶優美的自然風光。

在崇福鎮東北角有個自然村叫鷂子墩，今屬崇福鎮鍾夫村。村北原有一個大土墩，是吳越古戰場的遺址。詩人吳曹麟有詩曰：「水面波生蔭口湖，春江一幅紙鳶圖，偶從鷂子墩邊過，幾個風箏齊也無。」生動地描繪了鷂子墩上人們放風箏時的情景。

西施梳妝臺的遺址在今桐鄉市濮院鎮古妝橋一帶。濮院鎮東的南北草蕩，原有土墩百堆，高皆一丈多，傳說是伍子胥練兵演陣時所設置的。據《濮川殘誌》記載：「范蠡湖在幽湖南曲。」《桐鄉縣誌》記有：「在千金鄉係范蠡獻西施，功成後，出五湖以居此。」千金鄉今屬桐鄉市屠甸鎮蠡湖村。

呂希周築城抗倭

崇德（今桐鄉市崇福地區）最早建築的城牆是在元至正二十八年（一六六八），縣城周長五里三十步（古時五尺為一步），設有陸地城門四扇，水城門三扇。城牆邊鑿市地為池，水池闊七丈，水深二丈二尺，其里步之長視城有加。明洪武十九年（一三八六），海鹽有倭寇進犯，當時的海防長官急於防守，下令拆除崇德城牆，將其磚石全部搬運到乍浦築城。明嘉靖三十四年（一五五五），崇德知縣蔡本端奉檄重新修築城牆，以抵禦倭寇侵犯。第二年正月初七，一萬多名倭寇乘崇德城牆未竣工之機，破城而入，大肆擄掠財物，殘害百姓。等到倭寇退城後，浙江巡撫命令崇德知縣抓緊築城防倭。當時崇德邑紳在京城任右通政的呂希周正好在家鄉休假，他得知此事後，立即會同知縣商量築城之事。呂希周極力主張運河改道，回環繞城，四周以水為障。城牆築成後，水流繞城如帶，既能通船隻，又利於防衛。商議

決定按照呂希周的提議築城，呂希周將家中錢財捐獻做築城之用。經過崇德全城兵民同心合力修築，僅五個月時間，一堵新的城牆便順利完工，縣城周圍還新開鑿了護城河，使大運河改道後從城外流過。因此至今民間仍流傳著「崇德呂希周，直塘改作九彎兜」的傳說。新築的縣城周長七里三十步，高二丈七尺，闊一丈五尺，有水旱城門各五座。次年，倭寇又來侵犯，崇德縣城士兵和老百姓依靠城牆堅守，使倭寇無法進城，不久便敗退而歸。嘉靖三十九年，知縣劉宗武又在城牆上修建城樓四座，南北甕城各一座，再築箭臺三十個，敵臺三個。明清時期曾經多次修繕加固，使城牆一直比較堅固。清咸豐十一年（一八六一）二月，太平軍攻佔石門縣城，毀掉東南面近半個崇德城。將拆下的磚塊石頭，沿南北市河建造城牆，在義濟橋（今春風橋）西另建城門。

清同治五年（一八六六）五月，在原被太平軍拆毀的縣城位置上重新修築城牆。這座城牆一直保留到抗戰前夕。抗戰期間，南門城牆被日軍毀壞，護城河被河泥所淤塞，已經不能繞城航行。

小林小時候崇德的古城牆基本上還存在，在星期天他曾經多次沿著城牆去漫步遊玩。當時東西城門尚在，南北水城門也基本完好，進城的船隻要經過水城門才能進來，在水城門旁邊分別建有小巧玲瓏的石橋，那時這水鄉獨有的景致真的十分迷人。當時，崇德南門城門早已不存在，城牆也少了一大段。在北門城牆上面，有人種植了毛豆、青菜等蔬菜。那時候沿城牆開挖的護城河，除了北門有一段被河泥淤塞外，其餘的基本暢通，河中常有船隻來往，航行十分繁忙。在北門和西門的城門外，分別建有一座木製的吊橋，古時候的吊橋是可以用繩索懸空吊起，以阻止敵人侵入。北門的那座吊橋，在一九五八年大躍進時改建成鋼筋水泥橋，橋名也更改為躍進橋。崇德縣中學校北面的教室，就在崇德城牆腳下。每當課外活動時，同學們經常到城牆上去走走，呼吸呼吸新鮮空氣。在一九五八年，因全縣農村大力興修水利，崇德城牆上的城磚石頭全都被拆除，如今古城僅留下南門司馬高橋附近的一小段破損的遺址，還可供後人觀賞。

縣官智斷二百銅鈿

故事發生在洪楊以後，那時崇德西面洲泉鄉下有一戶人家，男人被抓去當小長毛，女人是個養媳婦。男人離家去了三年後，長毛被官兵打敗，小長毛被放回家。小長毛回轉時身邊帶著二百個銅鈿，伊把銅鈿藏在離家不遠的總管堂裏。男人回到家裏，吃飯時叫老婆去打壺酒。在這三年中，那個養媳婦趁男人不在家時，同酒店倌有點搭七搭八。格辰光（一會兒），養媳婦來到酒店門口，那個酒店倌眉開眼笑同伊搭訕頭。養媳婦講男人今朝回來了，你要有數點。等到養媳婦買好酒走出店門後，那個酒店倌輕手輕腳跟在伊後頭。養媳婦走進家門後，酒店倌立在門口偷聽小夫妻兩人說話。男人吃了酒後，說話就多了，同妻子講今朝帶來二百個銅鈿，藏在前面總管堂裏。那個酒店倌聽到這話後真是高興，連忙轉身到總管堂裏，在總管菩薩身上尋到了銅鈿，伊二話不說拿了銅鈿就走。

等到小長毛吃好酒飯，到總管堂裏去拿銅鈿，伊在總管菩薩身邊尋來尋去就是尋勿著。小長毛感到滿奇怪，同了妻子一同到縣衙門去告狀。知縣官一聽是件無頭案，沒頭沒腦無從下手，要破這個案子難度很大。知縣官坐在縣堂上問話，問小長毛，你到總管堂裏去藏銅鈿這事同另外人講過勿講過？小長毛回答說，還勿曾同另外人講起過。知縣官又問養媳婦，這事有否同其他人講起過？養媳婦急了，說剛才我去酒店買酒時，酒店倌問起過男人回家的事情。知縣官想了想，說這樣我到酒店裏去假裝吃酒，你們兩人尋到酒店來告狀，我吩咐差人一同前去。

知縣官說完後，立即乘轎來到酒店裏吃酒。過了一歇，小長毛夫妻兩人也走進酒店來告狀，講二百個銅鈿藏在總管堂裏，一眨眼工夫就勿見了，請縣官大人查明真相，捉拿盜賊。知縣官一聽，便火冒三丈，講總管菩薩連二百個銅鈿也管勿牢，還算啥總管菩薩，吩咐差人去敲總管菩薩的屁股。差人敲了幾下過來回報說，棍子敲在總管菩薩的屁股上，痛是痛在自家身上，再也不敢打了。格辰光，酒店倌立在一旁，心裏滿緊張，聽到差人一番話，得知總管菩薩顯靈，心裏滿怕。心裏想要是等到總管菩薩在自己身上顯靈，事情就難辦了，還勿是自家早點拿出來好。酒店倌連忙回到屋內，把二百個銅鈿拿了出來，說自己在門口拾到這些銅鈿，不知是啥人失掉的。小長毛接過銅鈿一看，說就是這二百個銅鈿，是自己帶回來的。知縣官說，事情總算弄明白了。

呂純陽到崇德

很久以前，仙家呂純陽曾經到過崇德。伊來的時候身上揹著一隻藥箱，一身道士打扮。據說呂純陽走在街上辰光，你同伊對面走過也認勿出來。有一天，有個崇德人路過北橋時，看見北橋上睏著一個道士，嘴巴邊上放著一把夜壺。過路人看見了感到滿奇怪，伊走落橋去問一個老人。那個老人驚喜地說，你碰著呂純陽了。老人說，嘴巴邊放把夜壺，是兩個口字的意思，兩個口放在一起就是一個「呂」字。那個人恍然大悟，連忙急匆匆回到北橋上。格辰光，北橋上已經空無一人，剛才睡在橋上的道士早已不見了蹤影。那人大聲叫喊，自己有眼不識泰山，真是後悔也來不及了。為此，崇德民間流傳著這樣一句話，叫做：「有人認得呂純陽，不是仙家也成仙。」

航船搖進魚肚內

從前，縣裏有幾個老太婆約道一起乘航船，到南海普渡去燒香。一路上，燒香老太婆乘在船裏，手裏敲著木篤、銅鐘，「叮篤、叮篤」響個勿停。老太婆連嘴巴也沒有空閒，一刻不停地唸著「南無阿彌陀佛，南無阿彌陀佛」。航船日夜勿停地搖呀搖，也不知搖了多少日腳。航船從內河搖到了大海裏，這時風大浪高，航船搖動得滿厲害，乘在船裏的燒香老太婆，心裏怕得「別別別」亂跳。航船頂著風浪仍舊往前搖去。忽然，船老大看見前方有一條大魚，大喊一聲：「前頭有條……」這句話還未講完，船艙內已經漆黑一團，伸手不見五指。有幾個老太婆嚇得跌倒在船底上，爬也爬不起來，大喊：「救命！」說時慢，那時快。船老大一看苗頭勿對，連忙拿起竹篙用力一撐。

原來這條航船被大魚吞了進去，那條大魚被船老大用竹篙一撐，痛得張開了大嘴，把航船吐了出來。這時，船艙又重新亮了。嚇得半死的老太婆，撲在船底上不停地叩頭，嘴巴裏接連喊著：「求菩薩保佑，求菩薩保佑……」過了一歇，風小了，航船又向前搖去。航船搖呀搖，搖了滿長一段時間，終於到達了南海普陀。等到船裏的老太婆全部上岸後，大家才鬆了一口氣。

曹操過後方知

三國時期，曹操是個智勇雙全的英雄。伊不僅是名出色的軍事家；而且還是一位著名的文學家。可惜，伊的計謀往往被他手下的軍士所識破。在崇德流傳著關於曹操的幾個傳說。

有一次，曹操路過一個地方，看見有一座新造的高大寬敞的房子。伊走進去看看，在屋子裏碰到房子的主人，便對他說這房子造得滿高大，但美中不足。主人問有啥不足。曹操便叫人取來筆墨，在大門的門檔子上寫了一個「活」字。主人弄不明白是啥意思，路過的人看了也感到奇怪，不知是何用意。事情傳到了一位木匠那裏，木匠走到門口一看，說這是曹操嫌這扇門做得太闊了。主人就叫木匠把大門改窄一點。後來，曹操知道後，連聲稱讚木匠聰明。

還有一次，曹操率兵與東吳大戰。雙方打了整整一天，還是分不出勝負。曹操當即傳下軍令，權杖上寫著：「雞肋」二個字。曹操的部下看到權杖後，就曉得曹操把這一仗比作吃雞已經吃到骨頭邊，再硬啃已沒啥啃頭了，此地是非久戰之地。為此，曹操部下立即下令停止追擊，曹軍很快撤回到自己的陣地上。事後，曹操讚揚部下深知他的策略，心裏十分開心。

崇德南三里橋的故事

南三里橋是舊時崇德有名的橋樑，正式橋名叫包角堰橋。原橋座落在崇德縣城南門外約一里處，大橋南北向橫跨京杭大運河，是崇德南大門的交通要道。南三里橋是一座古老的石拱橋，橋北連接崇德縣城，橋南直通長安塘，距海寧長安鎮十二里路。解放前，南三里橋的石階被泥土填平，長安方向來的汽車可直通崇德縣城。上個世紀六十年代初，橋北建造桐鄉化肥廠時，大橋被拆除，在廠區西面另造一座平橋。古來今往，南三里橋經歷了無數風風雨雨，也留下了不少動人的傳說故事。

話說在清朝乾隆年間，石門縣（即崇德縣）連遭三年水災，田裏收成減少一大半。當時任職的石門知縣是個昏官，在這三年中田賦稅收分毫未減。為此全縣的農民饑寒交迫，叫苦連天。當時石門縣四鄉的農民處處鬧饑荒，餓死病死的人越來越多。災民三五成群擁到縣衙門，請求減免田賦稅收，石門知縣卻三番五次藉故迴避。當時有一位家住縣城南門外的農民姓錢名春發，家裏有一畝三分薄田，全家老少五口就靠田裏的收穫活命。錢春發連遭三年水災後，田裏收到的稻穀連交田賦稅收也不夠，眼看一家人即將斷糧。錢春發心急如火燒，一連幾次上縣衙門去請求減免賦稅，又一次次吃閉門羹。災民們誰也不知道縣官葫蘆裏賣的是什麼藥。

有一天，錢春發在縣衙門口，正巧撞見知縣官，縣官剛巧從轎子裏鑽出來。錢春發覺得眼前一亮，連忙下跪請求減免賦稅。知縣見狀十分害怕，慌忙推說：「此事本官已經將災情稟報上面，正等候批示減免賦稅。」錢春發一聽，心裏真是開心。連叩三個響頭，高呼「青天大老爺，大恩大德。」

錢春發回到家裏後，天天等候減免賦稅的好消息，誰知連等了二個月也沒有一點資訊。一天，他家門口來了三個催交田賦的差役。差役個個橫臉凶相，一進門便催討賦稅。錢春發說知縣大人已答應上報請求減免賦稅。差役二話不說，只道：「你別嚕嚇，賦稅就是皇糧。你交還是不交，抗交賦稅要押送官府法辦。」錢春發心裏想，這真叫閻王好見，小鬼難擋。便說道：「怕什麼，知縣大人親口答應的事還怕他賴了不成。」錢春發一拍胸，爽快地說：「走！」隨即跟著差役走了。

錢春發一路上被差人推推拉拉，百般汙罵。錢春發在衙門大堂上，只見知縣驚堂木一拍，說：「大膽刁民，竟敢違抗賦稅，你真的是吃了豹子膽，本官看你有幾個腦袋。」錢春發嚇得直哆嗦，跪在地上把上次與縣官見面時的情景講了一遍。知縣說道：「這些你不用嚕嚇，現在只問你賦稅到底交還是不交？」錢春發說：「鄉下連年水災，糧食欠收，哪來的錢糧交賦稅，求大老爺開恩。」知縣大喝一聲：「拖下去打二十大板！」錢春發被打得皮開肉綻，回家休養了一個多月才稍有好轉。

等到第二年春天，「清明」剛過，家事正繁忙。一天，錢春發在田裏幹

活時聽到有人說，乾隆皇帝這幾天要來杭州遊玩。錢春發聽到這消息，十分開心。心裏想，乾隆皇帝到杭州去遊玩，龍船必定要沿大運河經過石門縣城。於是，他靈機一動想出了一個妙計，要向皇帝告御狀。主意打定，錢春發在家裏天天等候乾隆皇帝大駕光臨的消息。

一天清晨，錢春發在茶館店裏聽人說乾隆皇帝乘坐的龍船已經到了離縣城十八里的石門灣。錢春發得此消息後立即回家，拿出了早已準備好的木製狀紙，匆匆趕到南三里橋等候。過了大約一個多時辰，乾隆皇帝乘坐的龍船終於從北面浩浩蕩蕩駛來。錢春發等到駛在最前面的那艘大龍船將近南三里橋時，他從橋頂上躍身一跳，「卜通」一聲，人落水時正巧在龍船船頭前面的河水裏。錢春發浮出水面，雙手高舉木板製成的狀紙，大呼：「冤枉！」乾隆皇帝先是一驚，接著便吩咐衛士將狀紙遞上來。

過了半個月後，有人告訴錢春發，縣衙門的白粉牆頭上張貼一張告示，說皇上准許石門縣免除今年的田賦稅收。這真是天大的喜訊，一時間縣城周邊的鄉村裏鞭炮聲不斷，喜慶的鑼鼓聲震天響。四鄉農民相逢開口笑，都說全靠錢春發撲水告狀，皇上才准許免除今年的賦稅。一時間，陸續不斷有村民來錢春發家，感謝他為鄉親們做了一件大好事。

可是好景不長，就在縣衙門貼出告示的第三天，錢春發被知縣請進了衙門。錢春發一進衙門，就被關進了牢房。更可恨的是，錢春發關進大牢二天後，竟不明不白地死在牢裏，屍體也只是被差役草草掩埋掉。

噩訊傳來，錢春發妻子王氏悲痛欲絕，千方百計才打聽到丈夫的葬身之地。王氏又請人開棺認屍，一看丈夫七孔流血，分明是被人毒害而死的。王氏立即找知縣官評理，縣官卻躲在裏屋閉門不見。王氏一怒之下，一頭撞死在縣衙的大門上。

後來才知道知縣為何要下此毒手，原來是石門知縣為了自己能升官，竟一方面用金錢買通頂頭上司；另一方面還隱瞞災情，向上慌報年年豐收，賦稅絲毫不減。錢春發竟在皇帝面前撲水告御狀，壞了他升官發財的美夢。為此，知縣對他恨之入骨，才下此毒手，以消心頭之恨。

錢春發夫婦為民減免賦稅，而雙雙被迫害致死，激起了全縣百姓的憤怒，成千上萬的農民圍住縣衙門七天七夜。最後，迫使皇上傳旨，將石門縣知縣革職查辦，充軍到北方邊境地區。這時，石門縣的老百姓才平息了這口怒氣。

鍾夫廟的傳說

崇福鎮西北郊有個村莊叫做中夫村，位於原虎嘯鄉最北端，南面與景衛村相接。北面以六里港相隔，與同福鄉交界。東南面與店家塘、盧母兩村接壤。西面、西南面分別與李家壩、錢家埭相鄰。全村總面積三千三佰二十九畝，有十九個自然村，伍佰九十七戶人家，農戶以種植水稻，培育蠶桑生產為主。

中夫村原來有座鍾夫廟，初建於南宋。相傳南宋高宗登基時，鍾家埭（今中夫村鍾家埭組）有一個姓鍾的才子，準備赴京趕考。他臨走時心裏惦記著家中還有三畝糯稻尚未成熟收割，囑咐妻子要適時收割，說：「等到東南風吹的時候，就可以動手割稻了。」鍾才子走後不久，有一天老天爺颳起了東南風。鍾才子的妻子按照當時農村的習慣，農家婦女是不下田畔幹農活的，為此不知道何時可以收割稻子。這天，她一看天上颳起了東南風，便按照丈夫關照的話，把正在做胎，灌漿揚花的三畝田糯稻全部割倒。等到這三畝地稻穀曬過幾個太陽後，鍾才子的妻子到稻地上一看，卻只見全是乾枯的稻草，不見一粒飽滿的穀子。這一下，給了她很大的打擊，左思右想覺得難見人面，更難向丈夫交代。一氣之下，回到家裏便上吊自縊身亡。

那時候，正巧是南宋皇帝宋高宗駕車南渡。車馬路過崇德時，宋高宗的馬隊得了瘟疫，大批馬匹病倒在地，用藥後不見好轉，眼看這些馬已經無藥可救了。一天，差役尋訪名醫時，得知一個「秘方」，說用剛做胎割青的糯稻，曬乾後可以治好馬瘟。此時，時間已近年關，家家戶戶正準備用糯米打年糕過新年，哪裏有這割青曬乾的糯稻穀。後來，經官府多方打聽，終於在鍾家埭訪到了三畝田割青曬乾的糯稻穀。官府連夜派差役去鍾家埭高價收購，這「靈丹妙藥」一到，馬瘟立刻治癒。事後，皇上傳旨，給知縣記功，同時封鍾才子的夫人為「鍾太夫人」。後人為了紀念她的功績，在當地建造一座廟宇，取命為「鍾夫廟」。現在的中夫村，也就由鍾夫廟的命名而形成的。

漲木橋的傳說

漲木橋，又名占魁橋。傳說北宋末年，金兵犯亂，康王趙構南逃，從建康（今南京）一直逃到了浙江海鹽。趙構逃難一路經過江蘇吳縣、浙江桐鄉、

崇德等地。他急匆匆來到崇德東南方向的店家塘村坊時，被一條小河攔住了步伐。趙構一看小河附近沒有橋樑可過，心中十分著急，正無計可想時，忽然在河水中慢慢漲起了一頂小木橋。趙構大喜，連忙騎馬從這座小木橋上過了河。後來，趙構做了南宋皇帝後，把這座曾經讓他逃命的小木橋改建為石橋，並且還命名為漲木橋。漲木橋是這條河上的第一座橋樑，而且整座橋建造得美觀實用，在當時的橋樑建築中可算得上是「魁首」，所以，此橋也稱之為「占魁橋」。

甲子埭紫樹

在崇德城郊的虎嘯李家壩村西北角有個村坊叫甲子埭，村子是一字型朝南長埭頭人家，北面緊靠六里港河。傳說在幾百年前，這個村坊上有人在甲子年那年種了一棵紫樹，種在村頭的紫樹長勢十分興旺，從此後，這個村子便取命為甲子埭，一直流傳至今。

丁兜里的傳說

崇德東郊的虎嘯盧母村有個村坊叫做丁兜里，傳說很久以前村上曾經有人在朝庭做過大官。當時那戶人家房屋建築齊全，佔地面積有五十多畝。後來不知是何原因這戶做官的人家敗落了，近年村民平土時在宅基地下面挖出過不少水牢石板。當時村口的河道成丁字形，所以村名便稱之為丁兜里。據說如今在這裏居住的村民，大都是從柘樹下搬遷來的。

盧母橋的傳說

在崇德東郊的虎嘯盧母村口，原有一座石橋，取名為盧母橋。相傳從前在盧母方家埭南面出過一個姓盧的員外，盧員外家大業大，家裏建造了一座規模很大的盧家後花園，花園橫跨北沙堵塘南北。傳說這座石橋是盧員外母親所造的，因此這座橋便叫做盧母橋。盧母橋與方家埭南面的盧家濱南北相對稱，可見當時的盧家產業十分可觀。

吳孟舉遇仙

崇德縣城人傑地靈，出過不少名人鄉賢。傳說在縣城西橫街和廟弄一帶，更是一塊風水寶地。據說住在這裏的人，如果幸道好的話，就會有做官或成仙的可能，為此古時候這裏叫做登仙坊。

話說當時洲泉有個名叫吳孟舉的文人，他聽到這個傳說後，想來這裏碰碰幸氣，於是將全家從洲泉搬到了崇德。吳孟舉在崇德買下了姓勞的做官人家的一座「守愚堂」舊屋，打算世世代代居住在這裏。

一天，吳孟舉在「守愚堂」裏接待了兩位讀書朋友。當他送朋友出來時，看見在牆門間裏捆著一個叫化子。那個叫化子雖說衣衫破舊，渾身髒兮兮的；但是面目清瘦，樣子十分古樸端莊。更奇怪的是叫化子睡倒在地上，嘴巴邊還放著一把夜壺。這時，吳孟舉猜想這叫化子不是個平常之人，有點像是仙人的樣子，想上前去跪拜請教；又一想怕被身旁朋友取笑，有失讀書人面子。可是，當他送朋友出門後，回轉身去再看叫化子時，那個叫化子已經不知去向了。只見在剛才叫化子睏過地方的白粉牆上，題有一首詩：「蘇州住了二十年，未曾識得我神仙，只有崇德吳孟舉，識得神仙嘸不緣。」吳孟舉一看詩句，真是懊悔不及。回想剛才這裏夜壺口對著叫化子的嘴巴，兩個口重疊在一起，明明是一個「呂」字，是呂純陽點化而成的。自己因怕失面子，錯失了成仙的緣份。

從此後，吳孟舉發憤讀書，取消了做仙人的念頭。同時他常常與家裏人說：「不要狗眼看人低」，要善待窮人。後來他慷慨解囊，經常做一些幫貧救窮的善事，為此深受當地人的感激和尊敬。後來，崇德流傳著這樣一句名話：「見仙勿識仙，富貴一千年。」

熱山茹換銅火爐

崇福市中心西寺往西約二百米處便是舊時的城隍廟，宋代的城隍廟在縣衙西面，明洪武十五年（一三八二）遷移到崇福寺西（甬道內），清順治十八年重修，至康熙八年（一六六九）竣工。城隍廟原有正殿三間，中堂三間，寢殿三間，東西廡各九間，水火兩亭。在甬道左右闢威門三間，肅敬樓三間，外門一間。咸豐十一年（一八六一）被毀，同治六年（一八六七）重修。大殿有戲臺，俗稱「無柱臺」，是浙西有名的二隻半戲臺之一。城隍廟原有面積二十二畝多，規模宏大。嘉慶《石門縣誌》記載：「守土官蒞任必齋宿致祭。而每月朔望則有行香之禮。」清光緒《石門縣誌》有〈重修城隍廟記〉等記載。

城隍廟正門前面原來的甬道又長又寬，兩旁的小商販各自占地，搭起各式各樣的帆布帳篷，自發地形成了一個熱鬧的小商品市場，在這裏各種小吃和日用小商品應有盡有。當時的城隍廟南面的甬道口臨崇德大街，北面的廟宇直至大操場，東面靠五桂坊弄。當年走進城隍廟大門時，最先看見的是一座造型精緻的小石橋，橋下水池內養有紅鯉魚，過橋後繞過幾棵大樹，便是幾幢排列整齊的高大的殿堂，裏面供奉著一尊尊形態各異且大小不一的菩薩，這裏終年人流擁擠，香火不斷。農曆十月廿三傳說是城隍菩薩的生日，這前後約六七天時間是鎮上的重大節日——城隍廟會，也可稱之為崇福鎮上的「狂歡節」。城隍廟會出會十分隆重，前面有各式彩旗和鑼鼓開道。緊接著是各種傳統的民間文化體育表現，有踏高蹺、打蓮湘、耍大刀、彩蓮船、馬燈舞、提香拜香、戲劇臺閣等，跟隨隊伍的還有江南絲竹演奏的精彩表演，吹吹打打熱鬧非凡，沿途觀看者更是人山人海。廟會期間，鎮上大街上的人群擁擠不堪，往往是人推著人慢慢移動。當時，在寬闊的大操場上搭起高高的戲臺，臺上輪流演出越劇、京戲和花鼓戲等各種戲劇節目。大操場的空地上有雜耍、馬戲團、動物展覽、飛車表演、木偶戲等各種娛樂活動，在西寺前還有看「大洋畫」、套泥菩薩、打拳頭賣膏藥等各種民間藝人和小商小販前來湊熱鬧。一年一度的廟會是在崇福四鄉的農民辛辛苦苦做了一年，趁農閒時難得進城來趕廟會，好好休息娛樂幾天。廟會當然是鎮上商家生意興隆賺錢的好機會，也是孩子們有吃有玩最快樂的辰光。

崇德廟會最忙的要算是到城隍廟去燒香的老太婆了。在廟會前夜，也就是十月廿二夜裏她們要去「宿山」，也就是每個來城隍廟燒香的老太，都要在廟裏靜坐著唸一夜經，以此表示自己的真心和虔誠。於是崇福鎮上就有了家喻戶曉的「熱山茹換銅火爐」的民間傳說。

說的是在城隍廟會「宿山」那天夜裏，由於天冷大多數的燒

香老太太都帶來了取暖用的銅火爐。到半夜時分，天越來越冷了，烘手的銅火爐到此時已經不熱了。這時候忽然闖進一個「好心人」來雪中送炭，只見他拎來了一大籃冒著熱氣的熟山茹，依次分送給在坐的每一位「宿山」的老太太。那些老太太捧著熱山茹連聲道謝，感激不已。接著，那個「好心人」說好事做到底，要幫她們在銅火爐內撬炭火。有幾個老太一聽以為真的碰上了好人，一面吃著熱山茹，一面很爽快地把銅火爐交給了那個「好心人」。結果等到她們山茹吃完了，那個「好心人」卻還沒有把銅火爐拿回來。這時，老太太心裏急了，她們找遍了城隍廟的所有的殿堂，也不見那個「好心人」的影子。到那時候，她們才恍然大悟，原來是受騙上當了，被那個「好心人」用熱山茹騙走了銅火爐。這個民間傳說至今仍有一定的教育意義，它告誡我們「害人之心不可有，防人之心不可無」。人人要像孫悟空那樣，有一雙金睛火眼，不要被假象所迷惑，隨時提高警惕，善於識別世上那些巧妙偽裝的騙子，千萬別上當。

西施的傳說

春秋時期語兒（崇德）曾經是吳越兩國交鋒的主戰場，如今還留下不少文物和古地名。越國美女西施在赴吳國途中，曾經在語兒境內留有不少遺蹟和傳說。據唐陸廣微的〈吳地記〉記述：「勾踐令范蠡取西施以獻夫差。西施於路與范蠡私通，三年始達吳，遂生一子，至此亭。其子一歲能語，因名語兒亭。」一書中說越王勾踐命令范蠡把美女西施獻給吳王夫差。半路上西施與范蠡彼此相愛，過三年後方才到達吳王那裏。西施在途中的亭子裏生下了一個小孩，那個孩兒一歲時已能說話，後人把這個亭子叫做語兒亭。

據《文獻通考》記載：「崇德，晉有語兒亭。」一史料記載崇德在二千多年前稱為語兒，後改稱為語溪。崇福鎮早在六千多年前就有人類在這裏繁衍生息，兩千四百多年前這裏曾經是硝煙迭起的吳越古戰場。唐乾符六年

（八七九）這裏正式建立義和鎮，後晉天福三年（九八三）開始建崇德縣。崇福鎮在長達一千零二十年的時間裏，成為崇德縣城所在地。當地至今仍留下眾多的地名，以及有關吳越古戰場和西施的古蹟和傳說。崇福北門外迎恩橋過東約百米處，即茅橋埭東端城鄉交界處，舊時有座歌舞廟。歌舞廟大殿前有戲臺，大殿後有觀音殿，據傳這是西施去吳國前，在語兒練習歌舞的地方。唐朝詩人徐凝在〈語兒見新月〉詩中寫道：「幾處天邊見新月，經過草市憶西施。娟娟水宿初三夜，曾伴愁娥到語兒。」我小時候在茅橋埭市梢頭，曾經見到過歌舞廟，廟裏的屋架上還架空放著一條長長的用布做成的龍燈，後來歌舞廟成了崇福供銷社的一家工廠。崇福附近的農民，至今仍舊把這個地方叫做歌舞廟。每當我路過歌舞廟時，常常會在眼前浮現出西施美麗的身影和婀娜多姿的舞蹈，似乎還能聽到那宛轉悠揚的歌聲。歲月如流水，千年之事彷彿就在眼前發生。

桐鄉市崇福鎮過西三里處，舊時有座何律王廟，俗稱何城廟，今屬崇福鎮星火村所在地。何律王廟相傳是在春秋吳王所築何城舊址上修建的，明洪武二十年（一三八七）建，成化年間重修。清咸豐十一年（一八六一）被毀，光緒元年（一八七五）再次重建。明代成化年間刻製的〈何城廟碑記〉記載：「語溪乃吳越交爭之地。吳之禦越嘗用何王宅基以築斯城，故曰何城。西南鑿河隍以遏其衝，東北築將臺以勵其眾。」何城原來築有城牆，將臺前開挖河道，是一座吳越古戰場上的要塞建築。何城廟在崇福西門外，解放前被改為何城小學。我讀中學時，曾經被學校分配到何城廟所在的村裏去掃盲，做普及文化教育工作。今日的何城廟所在地由於崇福鎮城鎮建設的快速發展，早已經劃入了鎮區的範圍。明正德年間編印的《崇德縣誌》記載：「吳築晏、何、萱、管四城防越。」晏城在崇福鎮東二十五里處，舊時建有晏城廟，今屬南日鎮晏城村所在地。萱城在崇福東南三十里處，現已無跡可循。管城在崇福鎮南七里處，舊時有座管城廟，今屬海寧市辛江鄉管城村所在地，在崇福至長安的塘路附近。

距離崇福鎮北面十八里處是石門鎮。元代《嘉禾誌》記載：「越王壘石為門，以為界限之所。」石門以北屬吳國，至南是越國。據有關資料記載吳王伐越時，屯兵結寨在今石門鎮草內寨所在地。我少年時曾經跟隨父母的工作調動，在石門馬家弄住過三四年。那時候我經常到壘石弄、東陽臺，接待寺、南高橋、東高橋等地去玩。崇福到桐鄉的公路三二〇國道，路過的吳越古戰場，古時稱之謂西草蕩，俗稱天花蕩，今屬同福鄉新農村所在地。這裏曾經是吳越交鋒的主戰場，據漢《史記・吳世家》記述：「吳伐越，勾踐迎擊之檇李。」明萬曆《崇德縣誌》載：「春秋時，闔閭、勾踐常大戰於檇李、禦兒之間，裂其地面守之。」「崇桐之交，所稱吳越戰鼓者，大蕩二，小蕩五、六，林莽不生，遍野荒蕪茅瓦礫，至今磷青鬼嘯，陰雨時無敢獨行。」由此可見當時戰爭的殘酷。如今我乘坐在汽車裏，常常會想像當年吳越兩軍交戰時的情景，似乎還能聽到刀劍碰擊的鏗鏘聲。西草蕩過東不遠處的鳳鳴街道（靈安）路家園村有個紀目坡，也是吳越爭奪的戰場。明正德《崇德縣誌》記有：「吳王夫差募兵五千，牧養於此。名曰紀目者，立紀綱而有條目也。」「在紀目坡西北七里，亦以駐兵得名，俗訛為牛墩。」清代吳曹麟在〈語溪棹歌〉中稱道：「遊屯涇上草萋萋，紀目坡邊一色齊，周帳當年曾放牧，漁舟唱過蕩東西。」生動形象地描繪出紀目坡一帶優美的自然風光。我初中畢業後，到靈安的一所小學代過課，曾經聽到過不少關於吳越古戰場的傳說故事。

在崇福鎮東北角有個自然村叫鷂子墩，今屬崇福鎮鍾夫村。村北原有一個大土墩，是吳越古戰場的遺址。詩人吳曹麟有詩曰：「水面波生蔭口湖，春江一幅紙鳶圖，偶從鷂子墩邊過，幾個風箏齊也無。」生動地描繪了當時在鷂子墩上，有人放風箏時的情景。明正德《崇德縣誌》記載：「吳越戰場舊跡不勝記，湮沒居多。有謂鷂子墩、蔭口湖，皆在九都，其名不知何昉。墩僅魁父之丘，湖已隔為幾蹄涔，當大旱，勺水澄不涸。」我曾經下放在中夫大隊西面的一個大隊，那時常去中夫大隊開會，多次路過鷂子墩時，已看不到那古蹟放鷂子的土墩了。如今鷂子墩村裏早已無人有空閒放風箏，到處是繁忙的勞動場景，一望無邊綠油油的莊稼和成片碧綠的桑園，好一派富饒的新農村景象。

據《春秋》載：「吳郡嘉興縣西南有檇李城，其地產佳李，故名。」

《大清一統志》記載：「檇李城在秀水縣西南七十里，為吳越戰地。」據查今百桃桃園村一帶，是檇李原產地。百桃是我市的檇李之鄉，這裏出產的檇李上都有似指甲印痕一條，據說是當年西施留下的指印，稱之為「西施指痕」，被引為千古佳話。西施梳妝臺的遺址在今濮院鎮古妝橋一帶。濮院鎮東的南北草蕩，原有土墩百堆，高皆一丈多，傳說是伍子胥練兵演陣時所設置的。據《濮川殘誌》記載：「范蠡湖在幽湖南曲。」《桐鄉縣誌》記有「在千金鄉係范蠡獻西施，功成後，出五湖以居此。」千金鄉今屬桐鄉屠甸蠡湖村。

虎嘯寺內大老虎

虎嘯寺座落在石門縣城北面三里處，寺院建築雄偉、古樸。寺院山門口有一頂橫跨京杭大運河的石拱橋——北三里橋，橋身高大、堅實，呈半圓形，與河水中的倒影連成優美的圓形。運河在這裏轉了一個彎，江南有名的虎嘯寺正好座落在港灣內。南來北往的船隻被寺院擋住了視線，兩船在橋下相遇時常有碰撞之事發生。

虎嘯寺規模很大，建有正殿、偏殿數間。整個寺院造型奇特，很像一隻蹲下的大老虎。從橋頂向北遠遠望去，活生生是一隻老虎的形象。一跨進寺院山門，便見清一色的青石板鋪就的大天井。走過天井才進入大雄寶殿，殿內的菩薩造型逼真，香案上燭光常明，香煙瀰漫。虎嘯寺依橋旁水，運河兩岸的香客絡繹不斷，歷年香火旺盛。

傳說清咸豐年間，寺內來了一個黑胖和尚，不久憑著一身功夫奪得了虎嘯寺方丈的位置。那個胖和尚平時喜歡喝酒，偷葷吃素，魚腥雞肉樣樣都嘗遍。有一天，胖和尚帶頭去打了一隻野狗，在寺外橋西的空地上燒狗肉來吃。更讓人害怕的是自從胖和尚來了以後，附近村坊上去虎嘯寺燒香求菩薩的女人，接二連三失蹤。有人說至少有二十多個村姑，去寺裏燒香後

沒有回到家裏。近來常有三五成群的村民在寺內寺外到處找人，結果總是不見人影，一時間弄得人心慌慌。後來，縣城裏的茶館店還傳來老虎吃人的消息，說有人親眼看見在北三里橋附近有老虎咬死了一個女人。這可怕的消息驚動了橋南橋北不少村民，住在虎嘯寺周圍的村民手持長矛、大刀，自發組織日夜輪流到橋頭放哨。村民們在橋邊苦苦守候了一個多月，始終沒有看見老虎的影子。從此後，很少有人敢到虎嘯寺去燒香了，連通向寺院的泥路上也都長滿了雜草。

一天午後，天氣晴朗。有人在橋頂無意中望見遠處有一條大船正向南駛來，看樣子像是京城大官乘坐的官船。消息一下子傳了開來，一會兒功夫，在北三里橋兩岸聚集了數百人。等到大船駛近時，岸上的村民一看果真是條官船，便立即大聲呼喊起來：「青天大老爺作主，為百姓除害。」大船徐徐靠了岸，從船倉裏走出一個當官的來，傳話叫村民派人上船來詳細講述事由。大船裏乘坐的是一位巡按大人，他聽了村民陳述後覺得這事情很奇怪，這裏地處杭嘉湖平原，很少聽說有老虎吃人的事情。再說，要是老虎吃了人，為何沒有被害人的血跡和屍首。

接著，巡按大人立即帶領衛隊上岸，走近虎嘯寺。這時，只見山門緊閉，空無一人。衛兵用力猛敲山門，過了一會出來一個小和尚把山門打開。巡按率兵直奔大殿，在寺院內外搜查了一遍，不見有女人的身影。

第二天早晨，巡按將一名船上的侍女叫來，要她扮成村姑的模樣去寺內燒香。過了一會，那侍女換了服裝，一副村姑打扮，手拎香籃走上岸，假扮去寺內燒香。巡按又派一名衛兵暗中跟蹤。只見那侍女緩緩走進大殿，先在菩薩面前點燃香燭，然後慢慢跪在蒲團上叩頭跪拜。等到侍女跪拜完畢，正在起身時，只聽見「啊呀！」一聲叫喊，剛才還跪在蒲團上的侍女這時已不知去向。說時慢，那時快。躲藏在大門外的衛兵一看情況不妙，急忙跑上前去觀看，只見蒲團下的一塊木板翻落下去，露出深不見底漆黑的地洞，這才知道侍女一定是掉入洞內了。衛兵急速跑回船上，向巡按稟報侍女掉入洞內之事。巡按聽後，馬上吩咐衛隊把虎嘯寺團團圍住，自己親臨現場指揮。等到大批人馬來到大殿門口時，被一群手持木棍的和尚攔住了。為首的是一個黑黑的胖和尚，手裏揮舞三節棍，口中說道：「此乃佛家聖地，不許官兵冒犯。」巡按大人一聽火冒三丈，大喝一聲：「大膽和尚，本巡按有公事要搜查虎嘯寺，任何人不得阻擋。」話音未落，衛兵已將胖和尚打倒，然後進入大殿。那個領路的衛兵一腳踢掉蒲團，用手拉開木製活動板門。衛兵圍攏一看，見是一個烏黑的地洞，點燃蠟燭火一照，才知曉地洞大約有一人頭多高。走在前面的幾個衛兵先後跳到了地洞裏，摸黑在洞內搜索。走了一段路，忽然一轉彎見前面不遠處有一線亮光。衛兵們藉著光線找到了一間密室，看見剛掉進洞的那個侍女渾身發抖，身上衣裳已被撕破，臉蛋上有幾條被抓傷的血痕。不一會，衛兵們又在另一間小屋裏發現了三個光著上身的女人。衛兵叫她們穿好衣裳跟著走。衛兵沿著一條狹小的暗弄堂向前走，然後推開一扇小門，便走進了大殿。

巡按大人當眾詢問了侍女，得知侍女掉進地洞後，被兩個和尚連拖帶拉到了小屋裏，接著被和尚毒打了一頓。巡按大人還問了另外三個女人，說全是來寺裏燒香的，在她們跪拜時掉進地洞。此後天天被幾個和尚不分晝夜地輪姦。還說寺內養著一條大狼狗，要是有人稍有反抗，就讓大狼狗撲上來撕咬。這幾個惡和尚在一旁哈哈大笑，以此取樂。要是胖和尚一不開心，就將女人弄死，拖出洞去埋了。她們還說看到過二個女人被胖和尚活活打死，真叫可怕。這時，寺內的和尚已全部被叫到大殿上聽候處理。

當衛兵押著胖和尚走出大殿時，村民們在門口內三層，外三層圍著看熱鬧。有幾個村民大喊殺死胖和尚，為受害者報仇。巡按大人對村民們說先將罪犯押回縣城，待審問後按皇法處置。

秋瑾友人徐自華姐妹

清朝末年崇德徐自華、徐小淑姐妹倆與紹興鑒湖女俠秋瑾情誼頗深，在當地流傳著她們交往的動人的故事。

徐自華和徐小淑出身在崇德縣城，家裏世代是讀書人，可稱得上是書香門第。徐家兩姐妹受到家庭教育的薰陶，從小就勤奮好學，人又長得聰明伶俐。徐自華長大後嫁到了南潯一家姓梅的富戶人家。清朝末年，南潯鎮上形成新學潮流。當地有位鄉坤創辦了潯溪女學，專招收女生上學。徐自華多才多藝，被他聘請為潯溪女學堂的堂長。這年清明前夕，秋瑾也受聘來到潯溪女學任教。秋瑾來到南潯與徐自華認識後，兩人一見如故，說話十分投機，興趣愛好也相似，不久便成了好朋友。此後，秋瑾與徐自華還結拜了姐妹，徐自華歲數大，成了姐姐。由於秋瑾在日本留學期間，深受孫中山革命思想的影響，立志要推翻滿清皇朝，建立一個民主革命的國家。秋瑾到南潯任教後，心裏始終不忘革命信念，常與徐自華談論國家大事。徐自華在心中十分敬佩秋瑾的革命精神。這年夏天，徐自華與妹妹徐小淑二人，同時加入了同盟會和光復會兩個革命組織。秋瑾在潯溪女學堂積極宣傳革命思想，抨擊腐敗的清皇朝。由於秋瑾在南潯的影響越來越大，校方對此十分害怕，迫使秋瑾辭職出走。徐自華苦苦留她，但仍無用。臨別前，徐自華題寫一首詞送給秋瑾。秋瑾接過贈詞後，道了聲：「姐姐多保重！」很快便走了。

徐自華參與秋瑾的革命宣傳活動，同樣引起了梅家的不滿和擔心。不久，徐自華也辭去了潯溪女學堂堂長的職務，獨自一人回到了崇德娘家。秋瑾聞訊後十分高興，立即趕到崇德來看望徐自華。她們兩人親如一家人，不但吃住在一起，而且還一起寫詩填詞，議論國家前途命運。

後來，秋瑾準備要辦一張《中國女報》，眼前還缺少資金。徐自華知道後，一下子拿出一千塊錢給了秋瑾。徐小淑也變賣了隨身佩帶的金銀首飾，湊足五百塊錢捐給了秋瑾。得到徐氏姐妹捐款後，秋瑾很快在上海創辦了《中國女報》，宣傳革命思想。

當時，全國的革命活動十分活躍。一天，秋瑾突然從杭州匆匆趕到崇德徐家。秋瑾興奮地告訴徐自華，革命的大風暴即將來臨，自己打算立即回到紹興組織起義活動。同時秋瑾還說，眼下缺少起義資金。徐自華當即翻出自己出嫁時的金銀首飾和家中所有積蓄，一聲不響地上街去兌換成黃金三十餘兩。她回家後，將黃金全部贈送給秋瑾，用做革命起義用的經費。當時，秋瑾感動得熱淚盈眶，取下自己頭上的一雙翠釧回贈給徐自華。臨別前，秋瑾囑咐徐自華，一旦起義失敗，自己犧牲後，把她的遺骨安葬在杭州西泠。說完兩人緊緊抱在一起，放聲大哭。

不久，秋瑾在紹興起義失敗，被殺害在紹興軒亭。當時秋瑾的遺骨，被人草草埋葬在紹興一座山下。第二年初春，徐自華冒著風險和刺骨寒風，帶人渡江到紹興，將秋瑾遺骨運到杭州西湖邊，安葬在孤山西泠橋下。徐自華還題寫了墓碑，請人刻在石碑上。這事引起了清皇朝的恐懼，揚言要捉拿徐自華，削平秋瑾墓。為此，秋瑾遺骨又一次被運回紹興老家安葬。徐小淑還將秋瑾墓碑挖出，秘密藏在西湖邊的朱公祠內。直到滿清皇朝被推翻後，秋瑾遺骨又重新回到了杭州西泠。同時在秋瑾墓旁還建造了一座「風雨亭」，供人們憑弔這位鑒湖女俠。

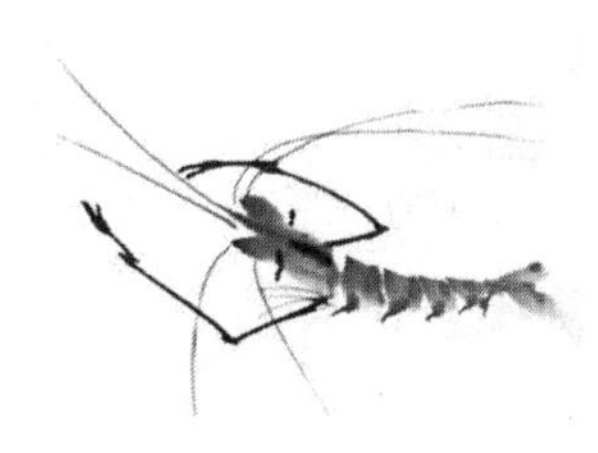

少年文庫　PG0564

新銳文創
INDEPEDENT & UNIQUE

小林童趣

作　　者　范樹立
責任編輯　林千惠
圖文排版　蔡瑋中
封面設計　陳佩蓉

出版策劃　新銳文創
製作發行　秀威資訊科技股份有限公司
114 台北市內湖區瑞光路76巷65號1樓
電話：+886-2-2796-3638　傳真：+886-2-2796-1377
服務信箱：service@showwe.com.tw
http://www.showwe.com.tw
郵政劃撥　19563868　戶名：秀威資訊科技股份有限公司
展售門市　國家書店【松江門市】
104 台北市中山區松江路209號1樓
電話：+886-2-2518-0207　傳真：+886-2-2518-0778
網路訂購　秀威網路書店：http://www.bodbooks.com.tw
國家網路書店：http://www.govbooks.com.tw
法律顧問　毛國樑　律師
圖書經銷　貿騰發賣股份有限公司
235 新北市中和區中正路880號14樓
電話：+886-2-8227-5988　傳真：+886-2-8227-5989

出版日期　2011年6月　初版
定　　價　220元

Printed in Taiwan

國家圖書館出版品預行編目

小林童趣 / 范樹立著. -- 初版. -- 臺北市：新銳文創,
2011.06
面； 公分. --（少年文庫；PG0564）
ISBN 978-986-6094-06-4（平裝）

859.6 100007703

讀者回函卡

感謝您購買本書，為提升服務品質，請填妥以下資料，將讀者回函卡直接寄回或傳真本公司，收到您的寶貴意見後，我們會收藏記錄及檢討，謝謝！
如您需要了解本公司最新出版書目、購書優惠或企劃活動，歡迎您上網查詢或下載相關資料：http:// www.showwe.com.tw

您購買的書名：＿＿＿＿＿＿＿＿＿＿＿＿＿＿＿＿＿＿＿＿

出生日期：＿＿＿＿年＿＿＿＿月＿＿＿＿日

學歷：□高中（含）以下　□大專　□研究所（含）以上

職業：□製造業　□金融業　□資訊業　□軍警　□傳播業　□自由業
　　　□服務業　□公務員　□教職　□學生　□家管　□其它＿＿＿

購書地點：□網路書店　□實體書店　□書展　□郵購　□贈閱　□其他

您從何得知本書的消息？
□網路書店　□實體書店　□網路搜尋　□電子報　□書訊　□雜誌
□傳播媒體　□親友推薦　□網站推薦　□部落格　□其他＿＿＿＿＿

您對本書的評價：（請填代號　1.非常滿意　2.滿意　3.尚可　4.再改進）
封面設計＿＿　版面編排＿＿　內容＿＿　文／譯筆＿＿　價格＿＿

讀完書後您覺得：
□很有收穫　□有收穫　□收穫不多　□沒收穫

對我們的建議：＿＿＿＿＿＿＿＿＿＿＿＿＿＿＿＿＿＿＿＿

＿＿＿＿＿＿＿＿＿＿＿＿＿＿＿＿＿＿＿＿＿＿＿＿＿＿

＿＿＿＿＿＿＿＿＿＿＿＿＿＿＿＿＿＿＿＿＿＿＿＿＿＿

＿＿＿＿＿＿＿＿＿＿＿＿＿＿＿＿＿＿＿＿＿＿＿＿＿＿

請貼
郵票

11466
台北市內湖區瑞光路 76 巷 65 號 1 樓
秀威資訊科技股份有限公司 收
BOD 數位出版事業部

（請沿線對折寄回，謝謝！）

姓　　名：____________　年齡：________　性別：□女　□男

郵遞區號：□□□□□

地　　址：______________________________

聯絡電話：（日）______________（夜）______________

E-mail：______________________________